As Garotas de Santa Cecília

DIREÇÃO EDITORIAL
Lilian Vaccaro

PRODUÇÃO GRÁFICA
Giovanna Vaccaro

PREPARAÇÃO
Leiliane Lima

REVISÃO
Daniela Toledo

CAPA
Carol Palomo

DIAGRAMAÇÃO
Michael Vasconcelos

DADOS INTERNACIONAIS DE CATALOGAÇÃO NA PUBLICAÇÃO (CIP)

Máximo, Juliana.
As garotas de Santa Cecília / Juliana Máximo. – 1ª edição – São Paulo: Coerência, 2021

ISBN: 978-65-87068-98-5

1. Ficção brasileira 2. Contos I. Título

CDD: 869.3

Grupo Editorial coerência

partners coerência

São Paulo
Avenida Paulista, 326,
cj 84 - Bela Vista
São Paulo | SP – 01.310-902
www.editoracoerencia.com.br

As Garotas de Santa Cecília

Organizado por

Juliana Máximo

Em colaboração com

Bruna Muniz
Camila Soares
Aline Prata
Beatriz Nonato
Marina Stefano

partners coerência

Prelúdio

Santa Cecília é uma escola pública como qualquer outra do interior de São Paulo. Situada em Andalina, com pouco mais de cem mil habitantes, uma cidade considerada nem pequena e nem grande. O clima varia muito, dependendo da época do ano, portanto, não é nem fria e nem quente. Seus moradores são considerados pessoas nem amistosas e nem antipáticas, apenas razoáveis. Bons com conversas rápidas, mas nunca deixam elas se estenderem.

Por outro lado, a escola Santa Cecília parece um corpo celeste orbitando totalmente à parte. Lá, as coisas nunca são mornas. Afinal, para adolescentes, nada nunca é morno. Eles funcionam como pedras de faísca, basta um pequeno atrito e um incêndio é instaurado. E essa escola está repleta de pequenos incêndios prestes a se espalharem.

Se você já viu um incêndio, deve saber como ele funciona. Um pequeno foco encontra outro pequeno foco, e antes que possa perceber, a floresta toda está em chamas. Nada pode ser feito.

Muitos deles já estavam queimando por dentro há muito tempo, em especial aquelas garotas. Que o mundo é mais difícil para as mulheres, todos nós já sabemos, mas, para adolescentes que ainda não conhecem as merdas da vida, e, provavelmente, estão lidando com elas pela primeira vez, é um pouquinho pior.

Santa Cecília é um vulcão adormecido, recheado de magma e destruição. Uma hora ou outra ele viria a explodir, mas, dessa vez, não são *elas* que irão queimar.

Maia

Por Juliana Máximo

Meu nome é Maia. Tenho dezessete anos e, atualmente, curso o segundo ano do ensino médio. Moro com meus tios, Cássia e Rubens, e meus primos, Carol, Moisés e Julio, de cinco, oito e dez anos. Ah, meus pais? Morreram em um acidente de carro voltando do hospital, logo depois que nasci. Sobrevivi por um milagre, voando pelo para-brisa e aterrissando direto em um carrinho de algodão-doce.

Brincadeira. Mas teria sido interessante. A verdade é que eles me deixaram com meus tios quando eu era pequena e sumiram no mundo. Sem bilhete nem carta para quando eu completasse dezoito anos, ou talvez até haja, mas, como ainda não fiz dezoito, não sei e nem sei se quero saber.

Meus tios são boas pessoas, donos de um *pet shop* num bairro de classe média de Andalina, onde também moramos. Amam animais, aderiram à segunda sem carne e tenho certeza de que seus filhos se tornarão presidentes, cientistas ou ativistas empenhados. Ainda que não seja filha deles, sou tratada como meus primos, mesmas cobranças e mesmas expectativas. Tenho até os mesmos cabelos rebeldes e enrolados e as sardas marrons salpicadas no rosto branco, porém não espero acabar me dando tão bem quanto eles.

Na escola, sou conhecida como Super Maia. Apelido carinhoso dado por alguns colegas – ou, melhor dizendo, pessoas que vejo às vezes no corredor, mas nunca me lembro dos nomes –, devido ao fato de eu sempre ficar muito louca nas festas e fazer coisas idiotas, como pular do telhado para dentro da piscina ou fingir que sou o *caratê kid* e tentar quebrar uma tábua de frios de madeira com o braço. Nas duas vezes, tive muita sorte e até hoje não sei como quebrei a tábua.

É assim que as pessoas me veem: a garota desarrumada, com roupas largas e cabelo despenteado, que sempre agita as festas, mas parece um zumbi totalmente fora do ar na escola. Podem quebrar um ovo na minha cabeça ou desenhar um pênis bem no meio da minha cara e não vou me importar. Nem sequer uma careta de desaprovação. Tudo isso graças ao Donaren, ou, como gosto de chamar: minha *pílula do vazio*.

Há mais ou menos três anos, desenvolvi um quadro de depressão. Parei de comer, de tomar banho, de dormir e de rir das piadas na hora do jantar. Vez ou outra, minha tia me ouvia chorando no banheiro de casa. Então, meus tios decidiram me levar a um psiquiatra, e ele, por sua vez, diagnosticou um quadro de depressão e episódios de ansiedade. Ele se baseou no que contei, na minha não tão triste, mas comovente, história de vida, e acabou deduzindo que minha condição se dera pelo abandono dos meus pais, muito embora eu tenha me esforçado para deixar claro que não sinto falta deles, pois meus tios eram mil vezes melhores do que quaisquer pai e mãe biológicos. Ainda assim, caso encerrado.

Fiz tratamento com o antidepressivo por um ano e, devo dizer, foi a melhor época da minha vida. Ainda me lembro nitidamente da primeira vez que o tomei. Estava na cozinha. Bebi um gole de água e senti o comprimido descendo desconfortável pelas paredes da minha garganta. Depois de engolir, fui para a sala, me sentei no sofá e peguei o controle da TV, para colocar em algum canal de desenho, porém não o fiz.

Com o braço estendido e o controle em minha mão apontado para a TV... Eu morri. Não literalmente, é claro, mas *eu* não estava mais lá. De repente, o mundo todo desacelerou. Foi como se tivesse apertado o *pause* do controle remoto. Meus pensamentos se aquietaram, tudo ficou mudo. Acompanhei minhas pálpebras descendo e subindo devagar quando piscava. Na minha frente, uma mulher vendia joias na TV, mas eu não a *via*. Não via nada. Nem ouvia, nem conseguia me mover. Meu corpo foi envolvido por um torpor súbito e macio e com ele todos os meus medos, minhas dores, minhas ansiedades e traumas se dissiparam. Eu era nada.

Em algum momento, abaixei meu braço e fiquei sentada, totalmente vazia, tendo consciência apenas do meu peito se movendo conforme respirava. Aquilo foi a melhor sensação de toda a minha vida. Não sentir nada foi o que busquei durante muito tempo. Se pudesse, ficaria naquele estado para sempre, me enfiaria dentro da minha bolha particular de torpor e moraria nela. Deus, como eu queria aquilo!

Não lembro quando, mas minha tia chegou e me perguntou algo. Lembro-me de pensar: “Preciso parecer normal ou ela não vai mais me deixar tomar esse remédio”. Foi o que fiz, juntei todas as minhas forças e me concentrei ao máximo para virar o rosto e balbuciar um “aham”. E mesmo não fazendo idéia do que ela tinha perguntado, funcionou, a mulher de quarenta e poucos anos, vestindo jeans largos e uma camiseta de banda desbotada e coberta de pelos de cachorro, assentiu e foi para cozinha.

Assim, vivi feliz durante um ano inteiro com minha *pílula do vazio*, mas, como tudo que é bom dura pouco, o tratamento foi terminando, começando com a diminuição gradativa do remédio. Quando o dr. Fernando achou que eu já podia parar o uso, lutei com todas as minhas forças para argumentar o contrário, mas voltei ao mundo barulhento, angustiante e desesperador no qual todos viviam. E é obvio que detestei.

As primeiras semanas foram as piores, afinal, não era apenas o fato de precisar encarar novamente meus medos, angústias e traumas que me apavorava, mas principalmente saber da existência de uma forma de sumir com tudo aquilo e eles haviam tirado isso de mim. Tornei-me outra pessoa, explosiva, mal-humorada, birrenta. Brigava com meus tios quase todos os dias. Cheguei a parar no hospital depois de quebrar a travessa de assado do jantar no chão e pisoteá-la. Não me orgulho disso. Aliás, sempre sinto vergonha quando me lembro, mas estava fora de controle.

Enfim, tudo mudou quando vi um garoto do quinto ano passando uns comprimidos dentro de um saquinho plástico para um grupo mais velho, atrás da arquibancada da escola. Sem hesitar, fui certeira na direção dele e questionei:

— Aí, moleque, que comprimidos são esses que você passou para aqueles dois?

— O quê?! Tá maluca? Não sei do que está falando — disse, tentando passar por mim.

Puxei sua camiseta pela parte de trás da gola e empurrei o garoto contra a parede. Àquela altura, minha aparência, que já não era das melhores, estava um pouquinho mais degradante. Abaixei-me para deixar nossos rostos na mesma altura e disse, semicerrando os olhos:

— Vi você passando os comprimidos. — Ele pareceu assustado. — Me arruma Donaren e não conto pra ninguém. Falou?

Também semicerrando os olhos, o garoto olhou para os lados e assentiu para mim. Ainda sem acreditar que um garoto de onze anos iria me arrumar meus comprimidos, o larguei e me afastei.

— Só uma dica: coloca dentro de pacotes de jujuba, se não quiser ser pego!

Assim, começou minha amizade com o Doc, ou "Doutor", para os menos íntimos. Um moleque de onze anos, filho de médicos, que roubava amostras grátis do escritório dos pais para vender na escola, só não me perguntem por quê. Desde que ele continue fornecendo minhas pílulas, não preciso saber.

E lá estava eu, dois anos depois, ainda comprando drogas com um garoto três anos mais novo, bem no meio do refeitório da escola, vestindo meu jeans largo, rasgado no joelho, botas de cano baixo surradas e uma camisa verde xadrez, cinco vezes maior do que eu, achada em um brechó, por cima da camiseta do uniforme. Caminho decidida na direção do garoto fingindo estar distraído, sentado sozinho em uma das mesas redondas, enquanto lê uma HQ e come um sanduíche de maionese com mortadela, o preferido dele.

Como sempre, o refeitório está tão lotado que preciso desviar de adolescentes famintos para chegar até meu fornecedor. Deus, como *odeio* este lugar. Na maior parte do tempo, odeio ficar rodeada de pessoas. Só abro exceção para as festas do pessoal da escola, afinal, é nelas em que consigo meu pó e outras balinhas de divertimento, mas nunca mais misturo álcool com Donaren. Uma vez, tomei uns cinco comprimidos e meia garrafa de vodca e virei um zumbi por dois dias, totalmente grogue. Foi como estar em um daqueles sonhos em que você sabe ser um sonho e fica buscando chaves mentais e saídas secretas para acordar, mas não consegue. Desesperador. Nada legal.

— E aí, Doc? — cumprimento, puxando uma cadeira, soltando minha mochila no chão e me largando ao seu lado. — Trouxe meu bagulho?

O garoto sorri, afasta a revistinha e solta o resto do sanduíche no plástico sobre a mesa, para pegar algo dentro da mochila, na cadeira ao seu lado. Sem nenhuma hesitação, Doc joga um saquinho de jujubas sobre a mesa. Pego o pacote ansiosamente e rasgo a embalagem. Misturado em meio aos docinhos coloridos, há um saquinho transparente e perfeitamente fechado, com bolinhas brancas e redondas dentro. Minhas *pílulas do vazio*. Aproveito e dou uma fungada satisfatória nas jujubas.

Argh, como amo esse cheiro!

Pego uma das verdes e jogo dentro da boca. As verdes são minhas preferidas. Na verdade, gosto de todas, exceto as roxas. Eca, prefiro arrancar os próprios olhos com uma colher a comer jujubas roxas. Se você conhece alguém que curte as jujubas roxas, desconfie dessa pessoa. Provavelmente, é algum tipo de psicopata ou *alien* disfarçado de humano.

Por fim, passo uma nota de cinquenta, enrolada em um pedaço de papel rasgado, para o garoto, como se fosse um bilhetinho. Com o tempo, Doc aperfeiçoou sua técnica de vender drogas, escondendo-as no doce preferido do seu *cliente*. Posso dizer que ele ficou bom em refazer lacres. Eu, por outro lado, sou preguiçosa demais para tentar disfarçar o pagamento.

Enfim, Doc é ótimo nisso. Sem falar que ninguém nunca desconfiaria dele, com seu cabelinho curto, penteado para o lado, rosto redondo, com bochechas rosadas e sempre lendo uma HQ sobre sei lá o quê. É o traficante perfeito, justamente porque ele não se parece com um. Mesmo já tendo quatorze anos, ainda é baixo para a sua idade e até usa roupas maiores para a tentar disfarçar aquilo. Quieto demais. Até hoje não sei dizer se é timidez ou só preguiça de fazer amigos o que ele tinha. Mas quer saber? Acho ótimo ele ser desse jeito.

— Você não acha estranho ser um garoto nerd vendendo drogas? — pergunto de repente, rompendo mais jujubas com meus dentes. — Quer dizer, você não acha que deveria se vestir mais como um gângster?

— Você não acha estranho seu único amigo ser um garoto nerd de quatorze anos que te vende drogas? — rebate ele, sem me olhar. Faço uma careta. — E eu já te disse, não sou um traficante, isso é um negócio, tá legal? Farmacêuticos vendem drogas e não são chamados de traficantes.

— É, mas eles também pagam pelas drogas vendidas.

Doc revira os olhos. Nesse momento, alguns garotos passam pela nossa mesa, comentando sobre um recente acontecimento que estava agitando as redes sociais da escola.

— Tá brincando?! Eu não a comeria nem se me pagassem! Dá pra ver, pelo vídeo, que ela não tem experiência alguma...

Eles riem. Os pelos do meu braço se atiçam.

— É, mas isso não faz ela ser menos vadia!

E lá vêm as gargalhadas. Acompanho com um olhar de ódio os garotos se afastando. Por um momento, fico me imaginando ateando fogo em cada um deles no pátio da escola. Depois, assando salsichas sobre os corpos tórridos ainda em chamas. Sorrio com essa ideia.

— Você viu o vídeo? — questiona Doc, interrompendo meus devaneios.

Dou de ombros.

— Vi. — Então pergunto, ficando chocada: — *Você* viu?

Seus dedos viram as páginas da revistinha nervosamente. *Ah, Deus, por favor, o Doc não...* penso, ficando ansiosa.

— Todo mundo viu, Maia. Fala sério. Mas, sei lá... Não acho que ela seja vadia por causa de um vídeo.

Solto o ar, aliviada. Tudo bem, não é tão ruim quanto pensava. Continuo podendo ser amiga do Doc. Pelo menos até ele virar um babaca devorador de vaginas, como todos os outros.

— É isso aí. Não faz mesmo. Até porque nem foi ela que postou o vídeo, foi o babaca do Michael. Otário! Aliás, que tabu é esse com ser vadia? Ser vadia é legal! É ser livre. Ser vadia significa poder fazer o que quiser, ser dona do seu corpo e das suas ações. Ser vadia é da hora!

Doc me encara, inspirado.

— Então você pode se considerar uma vadia, Maia.

Viro meu rosto para ele. Penso por um momento. Acabo ficando cabisbaixa.

— Não. Acho que ainda não cheguei a esse nível de confiança e independência.

Doc me encara, confuso.

— Mas você é a Super Maia.

Ergo as sobrancelhas.

— É, pois é, né? — E rio, sem graça.

Ficamos em silêncio. Enquanto isso, corro os olhos pelo refeitório. Santa Cecília é a maior escola de ensino médio de Andalina, com mais ou menos quatrocentos alunos por período. Então, o refeitório deveria ser um lugar grande, mas não é. Entre o balcão das tias que distribuem a comida e a lanchonete para quem prefere gastar o dinheiro suado dos pais, se amontoa a maior parte dos alunos espalhados pelas mesas redondas. Alguns se sentam no chão, nos cantos do local, e o restante prefere ficar no pátio externo ou na quadra e nas suas arquibancadas.

Hoje é terça-feira, acho que dia 30 de junho. No sábado, dia 27, um vídeo começou a ser compartilhado nos grupos de WhatsApp da escola. Era uma montagem muito malfeita de fotos comprometedoras e vídeos sexuais de uma aluna do segundo ano com um aluno do terceiro: Michael e Betina.

Como ficou claro que foi o Michael a vazá-la, até porque não fez questão nenhuma de negar, ele foi suspenso por três dias.

Três dias!

Enquanto isso, nada se sabe sobre Betina. Alguns dizem que ela se matou, tomou uma cartela inteira de Rivotril da mãe e não acordou mais. Outros dizem que os pais a estão mantendo presa em casa, para a castigá-la por ter arruinado o nome da família.

O engraçado é ninguém fazer teorias sobre o Michael. Ninguém o condena por manchar o nome da família, nem por ser um *machistazinho* de merda, que quis se vingar da ex-namorada por ter terminado com ele, mesmo depois de todo mundo ficar sabendo que ele pegava todas as garotas do primeiro ano enquanto ainda estava com ela.

Não. Para todos, a Betina é quem está errada, fosse por confiar nele ou por pensar ter o direito de mandar nudes para o namorado, já que os caras fazem isso o tempo todo sem ser julgados ou correrem o risco de ter as fotos vazadas. Errada por acreditar que podia terminar com o namorado, que tinha o direito de terminar, sem ele fazer algo para se vingar.

Não importa. Elas sempre estão erradas de qualquer jeito. Não é mesmo?

De onde estou, tenho uma visão perfeita da mesa dos amigos do Michael. Afinal, não é difícil encontrar uma mesa cheia de brutamontes musculosos, com anabolizantes até o rabo. Eles se destacam. Principalmente entre as garotas novas. Caras nojentos.

Perto dali, sentadas sozinhas em uma mesa, estão Andrea e Luara. As amigas de Betina. Igualmente lindas e esguias. Andrea com seu cabelo afro volumosamente majestoso e pele escura brilhante, sempre vestindo calças apertadas e *cropped*, que deixa a mostra uma barriga sem um resquício de gordura.

Luara com seu estilo alternativo de coturnos e mechas coloridas no cabelo liso e escuro, fazendo contraste com a pele pálida. Assim como elas, Betina é linda e magra, com olhos puxados, de alguma ascendência oriental, sempre com roupas coladas, ou curtas, ou os dois.

Contudo elas não são aquele típico trio de garotas lindas e metidas. Pelo contrário, são o exemplo genuíno de simpatia. Suas festas sempre são regadas a muito álcool e drogas. Eu as adoro e odeio o Michael pelo que fez com a Betina. Se pudesse, o amarrava pelos pés em um guindaste e o espancava com um pé de cabra como se fosse uma pinhata.

Foco nisso por alguns segundos e quase sorrio. Então, no momento seguinte, a imagem em minha mente muda. Me vejo em um quarto escuro, iluminado apenas por um *LED* arroxeado. Michael está lá. Estou num canto. Não, estou na cama. Ele se posiciona em cima de mim. Sinto a pressão de suas mãos em meus pulsos. Até sinto a *dor*. Em seguida, vem o enjoo, o choro, o ódio, o desespero.

— Aí, Maia, você não tem que ir para algum lugar, não?

Pisco os olhos. Estou de volta ao refeitório da escola.

— O quê? Por quê? A gente tá batendo um papo.

— Não estamos não. Você tá sentada há uns dez minutos encarando todo mundo com ódio.

— Ah, é... Eu faço isso às vezes.

Dou de ombros.

— Posso te ajudar em mais alguma coisa? — pergunta Doc, impaciente. — Meus clientes não vão se aproximar se você continuar monopolizando meu tempo.

Já que ele perguntou, cruzo as pernas sobre a cadeira e coloco os cabelos atrás das orelhas.

— Para falar a verdade, pode. — Esfrego o rosto com as mãos. — Argh! São aqueles sonhos de novo.

Ele me fita.

— As alucinações?

— É.

— Bom, eu disse que vi na internet que o uso do seu antidepressivo a longo prazo pode causar esses *sonhos lúcidos*.

— Pois é, são bem lúcidos.

— Você sonha com o quê?

Hesito.

— Com coisas... que me dão medo.

Doc me observa com preocupação.

— Talvez você deva tentar parar.

— *Puft!* — Rio com escárnio — Claro, essa é uma ótima sugestão. — Acrescento, ficando indignada: — Mas que porra! Eu tomo esse remédio exatamente para fugir dessas merdas e agora ele me faz revivê-las o tempo todo.

— É uma droga...

Eu o encaro.

— É, sim, Doc. É uma *droga*.

O garoto cerra os olhos para mim.

— Enfim — digo, me levantando —, ótimo papo. Obrigada pelas jujubas, continue com seu negócio. Ah, e a partir de hoje será que pode tirar as roxas? Eu odeio as roxas, mas fico mal de jogá-las fora.

Faço sinal de continência com uma piscadinha e me viro, sem esperar resposta.

— Vou ver se rola — replica ele. — E, Maia?

Dou meia-volta para olhá-lo.

— Sei que sou o seu traficante, mas, quando precisar de um psicólogo, pode me procurar — completa, soturno. — Ok?

Sorrio.

— Então você assume que é um traficante?

Ele revira os olhos novamente. Por fim, me viro e vou embora.

⁂

Estou na bicicleta voltando para casa. Está um friozinho, mas gosto da sensação do vento cortante, fazendo meu rosto arder. Com o tempo, meu corpo se acostumou um pouco com o efeito do remédio, mas, no começo, não podia nem sonhar em andar de bicicleta. É como velejar no meio de uma tempestade. Não que eu já tenha velejado, mas imagino que a sensação deva ser a mesma.

Ainda assim, não consigo ser uma aluna exemplar. Minhas notas são péssimas. É muito difícil se manter focado quando se está chapado. E, devo admitir, meus caros leitores, estou chapada o tempo todo.

Depois de chegar em casa, deixar a bicicleta e minha mochila, saio novamente para o *pet shop* dos meus tios, onde trabalho todas as tardes por alguns trocados. Afinal, minhas pílulas do vazio não saem de graça. Cinco passos para o lado e lá estou eu. Ah, como é ótimo trabalhar ao lado de casa.

Se existe trabalho melhor no mundo, por favor, não me digam, pois não quero largar este. Dar banho em cachorros, escovar e secar o pelo deles é minha religião. Amo fazer isso. Se houvesse uma seita cujo ritual se baseasse em esfregar cachorros fofinhos, com certeza participaria. Não, melhor, seria a fundadora. Na verdade, essa não é uma péssima ideia.

— Maia — minha tia me chama, entrando na sala de banho com os cabelos encaracolados presos no alto por um lenço vermelho e seu avental de ossinhos cobrindo a roupa. – Já terminou com a Pipoca? A dona Joana está aqui para pegá-la.

Olho para o poodle branquinho na mesa em minha frente. Já terminei de secar seu pelo há uns dez minutos, mas estava ocupada demais deslizando os dedos em meio aos cachos fofinhos e devaneando sobre seitas baseadas nisso.

– Terminei, mas a Pipoca disse que precisa de mais um pouco de carinho, então daqui a cinco minutos eu a levo.

Cássia se aproxima sem paciência. Seus olhos grandes e negros esbugalhados para mim.

– Ah, menina, dá aqui esse cachorro...

Ela pega a poodle e sorri com seu rosto jovial. Cássia e Rubens são adultos descolados e modernos, por isso é de boa zoar deles.

– Não, Pipoca! – Faço drama, estendo o braço na direção do cachorro. – Prometo que vou te buscar, Pipoca! Semana que vem no mesmo horário! Eu juro!

Tia Cássia sorri, deixando a sala de banho com Pipoca nos braços. Deus, como amo este trabalho!

Quinta-feira, dia dois. Às vezes, tenho uns apagões por causa dos comprimidos. Tentem acompanhar. Estou no meu quarto, me arrumando para ir à festa da... Na verdade, não lembro o nome da garota, apenas que é do segundo ano, mas não da minha sala. Ou será que é? Enfim, tenho o endereço no meu celular, é o que importa.

Coloco um vestido florido largo por cima da legging meia perna preta e jogo uma jaqueta jeans GG por cima. Esse é o único jeito de eu colocar um vestido: com legging por baixo e jaqueta por cima. Totalmente invulnerável e segura. Por mais que sempre tenha defendido a tese da roupa não ser responsável por tornar uma garota vítima de estupro, não consigo me sentir confiante o suficiente para usar roupas comuns. É como uma precaução. Não deveria ser, mas é.

Sento-me na cama para calçar minhas botas e estou pronta. Por fim, para dar uma animada, coloco a mão no bolso da jaqueta e retiro um saquinho com pó mágico. É como chamo cocaína. Com a ponta da chave, tiro um pouco do saquinho, levo até uma das minhas narinas e, fechando a outra, aspiro o pó para dentro do meu organismo.

Imediatamente, posso sentir as paredes do meu nariz e garganta adormecendo. Um segundo depois, a droga atinge meu cérebro e lá vem o pico de adrenalina. Sempre que cheiro, gosto de me imaginar destruindo um daqueles martelos de força do parque de diversões com uma martelada em um lugar vazio, onde deveria estar meu cérebro. E toda vez acho engraçado.

Por mais que goste de não sentir nada com o Donaren, adoro a sensação de poder e felicidade que o pó me traz. É incomparável. Nada na minha vida já me fez sentir desse jeito. Sinto como se tudo fosse possível. Tristeza? Traumas? Ansiedade? Nada disso existe quando o pó mágico entra, é uma forma diferente de anestesiar tudo.

Contudo o efeito dura pouco e, quando passa, meu amigo, se prepare para ficar mal. É como aquele brinquedo da torre no parque de diversões – outra analogia com parques –, quando você cheira, a droga te leva lá para cima. Você se sente forte, feliz, capaz de qualquer coisa, de entrar numa briga, chegar naquela garota que você gosta desde a sexta série, enfrentar seu padrasto, toda essa merda.

Então, quando o efeito passa, você é jogado no chão. Todos os seus problemas voltam com o triplo da carga de antes. Você se sente um bosta, deprimido, agitado e, o pior, desesperado por mais. Entra num ciclo de querer cheirar toda hora, para não ter que lidar com a sensação do fim daquele efeito. Se, quando entra, a cocaína te dá toda a dopamina, serotonina e noradrenalina do seu organismo para ser usada naquele momento, quando sai, leva tudo que restou embora.

Por sorte, tenho as pílulas do vazio para aliviar aquela depressão *pós-pó*. É por isso que não ligo para o depois. Repito o procedimento: ponta da chave, pó, nariz, inala. Estou pronta. Hora da festa.

É noite, por volta das oito horas. Caminho a pé para a festa. Segundo o GPS do meu celular, a casa da garota fica apenas a alguns quarteirões de onde moro, além disso, não confio no meu instinto para me lembrar da bicicleta na hora de voltar para casa, por isso o veículo não é uma opção.

O pó me deu a energia necessária para uma boa caminhada. Assim, sigo quase saltitante pelo caminho. Espero encontrar um bom fornecedor esta noite. Meu estoque de pó mágico está quase no fim, e penso que preciso começar a economizar. O que ganho no *pet shop* dos meus tios não dá para bancar as pílulas do vazio e o pó mágico na quantidade que estou usando. Ou talvez precise arrumar outro jeito de conseguir mais dinheiro.

— Olha só, se não é a Super Maia...

Sobressalto-me com a aproximação repentina de um carro. Viro o rosto e me deparo com Michael e seus amigos em um jipe preto, movendo-se lentamente ao meu lado. Seu cabelo curto e liso esvoaçando com o vento.

— Olha só, se não é o super cretino — replico, fazendo questão de deixar transparecer o ódio em minha voz.

— O que é isso, Maia? Achei que a gente fosse amigo... — ironiza Michael, debruçando-se para fora da janela do carona. Faço uma cara de desentendida na direção do seu sorriso presunçoso. — Não tá lembrando, não? Na festa do Vitinho, a gente cheirou junto no banheiro...

— Eu? Você tá louco, irmão — respondo, apressando o passo. É claro que me lembrava, mas vou negar até a morte. — Ou será que devo concordar para você não vazar nenhuma foto minha?

Os amigos de Michael riem, mas ele fica sério.

— Para alguém vazar foto sua, teria que ser interessante, Maia. E eu acho que nem sem roupa você desperta interesse em alguém. Mas a gente pode tentar descobrir...

Mordo a parte interna do meu lábio.

— Para o carro — Michael diz para o amigo. No mesmo instante, o jipe acelera e para, bloqueando minha passagem.

Puta merda.

Michael desce do carro. Apoiado na porta aberta, olha para mim com o rosto levemente arqueado.

— Tá a fim de uma carona, Maia?

Minhas mãos começam a tremer. Fecho-as em punho e aperto o máximo que posso, para impedi-lo de ver meu nervosismo.

— Não, tô de boa. Prefiro ir andando. — Tento parecer displicente.

— Pra quê? Precisa emagrecer? — Sorri, perverso, passando os olhos pelo meu corpo. — Sabe, às vezes fico pensando como será o seu corpo por baixo dessas roupas de mendigo que você usa.

Tento respirar devagar. *Mas que porra.* Será que nem com essas roupas consigo manter os filhos da puta longe de mim?

— Vai se ferrar, Michael — profiro com nojo.

— Que é isso, Maia? — Ele dá passos vagarosos em minha direção. — Só tô tentando ser gentil e te oferecendo uma carona para a festa.

— Já disse que prefiro andar — sibilo entredentes.

Michael para e me encara. Enquanto isso, sinto suor escorrendo por minhas têmporas.

— Você que sabe — diz por fim, voltando para o carro. — Não é à toa que não pega ninguém nas festas, a mina parece um bicho.

— Tá na cara que é lésbica. — diz um dos garotos dentro do carro. — Olha as roupas dela.

Com uma acelerada de queimar o asfalto e um uníssono de risadas, eles vão embora.

Fico parada durante algum tempo, sentindo o ar entrar e sair de mim de forma descompassada. Sinto minhas mãos tremendo, meu coração pulsando e meus olhos lagrimejando. Odeio sentir isto: medo. Odeio como homens, ainda meros garotos, têm esse poder sobre mim, sobre todas as mulheres.

De repente, fico apavorada por estar sozinha em uma rua escura. O efeito do pó já acabou, a euforia e a sensação de invencibilidade se dissiparam. Sou eu de novo. Só uma garota, vulnerável, parada sozinha em uma rua escura.

Antes que o ataque de ansiedade me domine, digito o número do meu tio no celular.

— Alô, Maia?

— Tio, vem me buscar? — peço com voz de choro.

Sexta-feira, dia três. Chego na escola. Na noite passada, fiz a burrada de misturar Donaren com Dramin e um antialérgico quando cheguei em casa. Precisava apagar, mas, agora, além de quase não conseguir acordar, me sinto um fantasma bêbado, vagando pela escola.

— Aí, Super Maia, por que não apareceu na festa da Sabrina ontem? — alguém pergunta, passando ao meu lado.

Virando o rosto, consigo distinguir dois vultos, um de cabelo curto e outro de cabelo longo e claro. Não faço ideia de quem são, mas provavelmente não saberia mesmo se estivesse sã e conseguisse ver seus rostos.

— Ah, comi sushi estragado — falo qualquer coisa, apenas para me livrar.

Passei a noite no banheiro. Nada legal.

— Porra, você perdeu uma festona. O Michael levou um quilo de maconha...

— É, legal. Bom para ele.

Saio, deixando os dois vultos falando sozinhos. *Foda-se o Michael,* penso, revoltada. Dois passos depois, ouço meu nome novamente.

— Maia?

Paro novamente, desejando não ter ido para a escola naquele dia, e me viro sem paciência. Desta vez, é uma única garota. Não sei quem é, só sei que está tomando meu tempo.

— Sou eu. Fala — digo sem rodeios.

A garota pisca os olhos depressa.

— Ah, então, meu nome é Samanta. Você não me conhece, mudei para a escola este ano, então nem todo mundo me conhece e "tals"... — Estreito os olhos, esperando algum sentido no que ela está dizendo. — Pois é, enfim, você deve saber sobre o acontecido com a Betina, não é? Descobri que os garotos da escola têm uma conta privada no Instagram, chamada "As vadias de Santa Cecília", onde eles postam nudes que recebem das garotas daqui e fazem comentários horríveis e nojentos. Dão até notas para elas.

— Sim, e daí? — Nesse momento minha visão está tão embaçada que preciso me apoiar na parede e fechar os olhos por um momento para tentar ficar em pé.

— Como assim "e daí"? Vo-você já sabia?

— Todo mundo sabe, Sabrina.

— Samanta...

— Samanta — me corrijo a contragosto. — Esse perfil não é novidade para ninguém. Tem garota que acha até maneiro entrar nele. — Rio debilmente. — Dá pra acreditar?

— Não, não dá. — A garota parece indignada. Como não vejo bem o seu rosto, deduzo pelo tom da voz. — Bom, por isso tive a ideia de criar um site para podermos responder.

— Responder o quê? — Droga! Preciso focar minha atenção, não estou entendendo nada do que essa garota está falando.

— Tudo! — exclama ela. — Sobre as fotos que eles postaram de vocês, sobre o que eles falaram...

— Opa, opa, opa! Como assim de vocês? Eles nunca postaram nada meu.

— Na verdade, postaram sim. — Samanta mexe em seu celular. — Hoje de manhã. — Mostrando-o, indica: — Olha.

Tomo o celular de sua mão, exasperada, mas tudo que vejo é um borrão brilhante.

— O-o que tem aí? Eu não consigo ver, porque... esqueci meus óculos.

Samanta pega o celular de volta.

— É uma foto sua aqui na escola, acho que no refeitório, e na legenda está escrito: "Super Maia ou Super Mendiga? A gente deveria fazer uma vaquinha para comprar roupas novas para ela ou para pagar uma clínica de reabilitação. Quem sabe assim ela muda esse visual de cracolândia e se torna mais pegável".

A garota limpa a garganta, desconcertada. Mordo a parte de dentro do meu lábio inferior.

— Quantas curtidas têm? Dá para ver?

— Dá. Entrei com uma conta *fake*. — Sinto a hesitação em sua voz. — Tem 298 curtidas e setenta e oito comentários.

Sinto gosto do sangue invadindo minha boca. Penso em perguntar sobre os comentários, mas não tenho coragem.

— Foda-se essa merda… — praguejo, virando-me e indo em direção à saída da escola.

— Maia, espera! Você topa fazer o vídeo? — Samanta questiona atrás de mim.

Esbarro em uma ou duas pessoas ao tentar chegar à saída.

— Garota, para de me seguir! Não vou fazer porcaria nenhuma!

— Mas é importante! — ela argumenta. — Precisamos responder…

— Foda-se! — Elevo o tom de voz, virando-me para olhá-la e, ao fazer isso, meu mundo todo gira. Fecho os olhos novamente, lutando para não cair no chão. — Você acha que eu ligo? — Abro os olhos devagar, encarando-a. — Não, eu não ligo para a sua droga de site e para as suas respostas de merda! Você acha que vai mudar alguma coisa com isso? Vai acontecer o quê? São homens sendo homens, protegidos por homens. Essa porra não vai mudar nunca, aceita e vive sua vida de merda e me deixa em paz.

Por fim, viro-me e saio da escola, deixando Samanta para trás.

⁂

Passo o fim de semana todo em casa, revezando entre ficar trancada no quarto, consumindo meu findável pó mágico, enrolada no meu edredom, e na sala, jogando videogame com meus primos. Quando estou frenética de pó, me divirto mais que as três crianças juntas, porém, quando o efeito vem do antialérgico misturado com as pílulas do vazio, fico tão baqueada que eles precisam tirar o controle da minha mão algumas vezes.

Só quero esquecer que aqueles *filhos da puta* postaram uma foto minha e falaram aquelas coisas. Sem mencionar os comentários, que nem tive coragem de olhar, mas posso imaginar alguns deles.

Só de pensar, tenho vontade de tomar todos meus comprimidos de uma só vez. Várias vezes me imaginei colocando todos eles em uma tigela, triturando-os, diluindo em água e os tomando no maior copo da casa. Depois me deitando na cama, confortável, colocando *idontwannabeyouanymore* para tocar e esperando meu corpo entrar em colapso.

Mas não o fiz.

⁂

Segunda-feira. Sei lá que dia. O caminho até a escola foi demasiadamente angustiante. Estou sem minhas pílulas, mas só notei nessa manhã quando acordei. Tratei de mandar mensagem para o Doc e corro mais cedo para a escola.

Não suporto ficar sem esse remédio. O mundo é tão barulhento e agitado, assim como minha cabeça. Tudo o que mais quero é o silêncio. Assim que chego à escola, corro para o pátio externo, para esperar o Doc com minha encomenda.

Sentada em cima de uma mesa de concreto, com os pés no banco, assisto aos grupos de alunos espalhados pelo gramado do pátio antes do início da aula, conversando, comendo, lendo, gritando, falando, se divertindo, se beijando.

— E aí, Maia — Doc me cumprimenta, aproximando-se.

Aperto os olhos em sua direção. *Deus, está tão claro!*

— E aí? Trouxe o meu remédio? — Minha voz soa arrastada.

— Que remédio? — pergunta o garoto, com cara de desentendido.

Suspiro, revirando os olhos.

— Minha encomenda, Doc.

— Você não encomendou nada comigo.

Meus olhos se arregalam.

— Encomendei sim. Hoje de manhã te mandei mensagem! — Olho nossa conversa para ter certeza. — Você não recebeu?!

— Tô te zoando, tá aqui — Doc fala, rindo, e me passando um pacote de jujubas.

Maldito. Pego o pacote de sua mão com pressa e o abro. Arranco o saquinho de compridos de dentro, sem nenhum cuidado em esconder, e jogo as jujubas na mesa.

— Eu tirei as roxas — conta Doc.

— Valeu — agradeço enquanto coloco um comprimido na boca e o empurro com um gole d'água.

Fecho os olhos e respiro lentamente, esperando o efeito começar.

— Você não acha que tá tomando remédio demais, Maia?

Abro os olhos. As coisas já parecem ficar mais lentas nesse momento. Até o barulho ao redor começa a diminuir.

— Com todo respeito, Doc, isso não é da sua conta.

— Ah... É, sim — contrapõe. — Sou eu quem te fornece os remédios. Se algo acontecer, vou ficar mal, me sentir culpado.

— Então você não tá preocupado comigo, mas com a sua consciência, caso eu tenha uma overdose.

Viro o rosto e espero a resposta, mas o garoto só aperta os lábios.

— Soube do que eles postaram — fala depois de um momento. — Entendo você estar chateada, mas eles são uns babacas, Maia. Não deixa isso te afetar.

Rio com escárnio.

— É fácil para você falar, Breno. Você é homem, é a parte privilegiada. Não tem ideia das merdas com as quais lidamos.

Volto meus olhos para frente. Uma bola se entala em minha garganta. Forço para ela descer, mas isso só faz com que meus olhos fiquem marejados.

— Não tenho mesmo — ele vai dizendo enquanto se senta ao meu lado, sobre a mesa. — Mas imagino ser foda. Respeito isso. Todo mundo tem problemas, mas tenho certeza de que, para as garotas, eles são muito maiores. Admiro vocês por isso.

Viro meu rosto para observá-lo. *Esse moleque tem só quatorze anos mesmo?* De repente, algo me ocorre.

— Por que você vende drogas, afinal? — questiono.

— Por que tá perguntando isso agora? — Ele desconfia.

Dou de ombros. Doc molha os lábios.

— Bom... Porque, ao contrário do que todos sabem, meus pais não são médicos. Digo, meus pais são, mas não... os meus pais biológicos.

Viro os cantos da boca para baixo e uno as sobrancelhas. *Puta merda. O Doc é adotado?!* Cruzo as pernas sobre a mesa, esperando o resto da história.

— Há uns três anos, achei uma carta de fora do país no escritório do meu pai. Era uma carta dos meus pais biológicos querendo saber sobre mim. Descobri que eles me deram para os meus pais quando eu tinha uns quatro ou cinco anos, porque não podiam cuidar de mim, e foram embora para os Estados Unidos. Questionei os meus pais sobre a carta, se sabiam o porquê de terem me dado, mas eles não souberam explicar. Então comecei a roubar amostras grátis do escritório deles, vender e juntar dinheiro para procurar os meus pais de verdade e, sei lá, perguntar por que eles me abandonaram.

Faço uma careta de "puta que pariu!" para ele.

— Por que você não pede dinheiro para os seus pais para ir atrás dos seus... pais? — *Que frase bem elaborada, Maia!*

— Já pedi, mas eles dizem que não preciso saber — conta Doc, parecendo indignado. — É a minha vida, e eu preciso!

— Falta muito? — Interesso-me.

Ele esfrega a cabeça.

— Falta. Ao que parece, viajar para fora do país é bem caro. Ainda tem o valor do passaporte e, provavelmente, vou ter que pagar alguém para fingir ser o meu responsável.

— Caramba. — Fico impressionada. — É um bom plano.

Doc sorri, soturno. Fico triste por ele.

— Sinto muito.

— Não, tá tudo bem. Todo mundo tem as suas merdas. É a vida.

Concordo com a cabeça. Pego o pacote de jujubas que joguei na mesa e como uma.

— Você vai conseguir. — Tento dar algum apoio. O garoto sorri para mim. — Afinal, se depender de mim, você ainda vai vender muito Donaren. — Rio como uma boba, jogando uma jujuba verde para dentro da boca.

Doc sorri, preocupado.

– Nada legal. – Sua cabeça balança negativamente.

– Para mim, é. – Dou de ombros. – Ah, e valeu por tirar as roxas.

– Claro, faço tudo por você.

Nós rimos. Logo o sinal toca e temos que voltar para a aula.

Um pouco mais tarde naquele dia, algo acontece. Outro vídeo começa a circular pelos grupos de alunos da escola. Desta vez, o vídeo é proveniente de um site chamado "As ~~vadias~~ garotas de Santa Cecília".

Estou sentada em uma mesa do refeitório com Doc quando descubro o vídeo. Todo mundo não para de falar disso, então decido ver do que se trata. Quando vejo de quem se trata, a primeira coisa que penso é: "Puta merda! Ela fez mesmo". No vídeo, a garota chamada Samanta, que havia me procurado na semana anterior, critica a forma como os alunos agem com as garotas da escola, expõe o Instagram criado por Michael e seus amigos e faz um desabafo pessoal. Ao fim do vídeo, só consigo pensar em como aquilo foi foda. E admiro a coragem de Samanta por tê-lo feito.

Fico pensando naquele vídeo até a hora de ir embora. E enquanto pedalo para casa. Mesmo enquanto esfrego, penteio e seco cachorrinhos no *pet shop* dos meus tios, o vídeo não sai da minha cabeça. Nem enquanto devoro a lasanha de carne moída da tia Cássia na hora do jantar. Até demoro o dobro de tempo no banho por não conseguir focar em me ensaboar e lavar o cabelo. As palavras daquela garota e a forma de criticar como os garotos da escola agem, o tanto de comentários de garotas que já passaram pelas mesmas situações e se sentiam impotentes e fracas... assim como eu. Aquele vídeo mexeu comigo.

Quando, por fim, saio do banho com meu pijama surrado e entro no quarto, ainda secando o cabelo, deparo-me com meus tios parados no meio do cômodo.

— Tão fazendo o que aí? — pergunto e, quando desço os olhos para suas mãos, meu coração para.

Minha tia segura meu saquinho de comprimidos e meu tio, o restinho de pó.

Merda.

— Isso aqui é Donaren? — minha tia pergunta, como desacreditada.

— E isso aqui é cocaína? — Tio Rubens abaixa a voz para proferir a última palavra.

— Eu... eu posso explicar!

— Não, não pode! — esbraveja minha tia. — Maia! O que você está fazendo com a sua vida?! Quando melhorou *do nada* há dois anos, achei que tinha sido um milagre, até paguei promessa! Mas, na verdade, você estava tomando remédio escondido!

Cássia está colérica. Nem o lenço rosa com corações no seu cabelo a deixa menos assustadora. Rubens, por sua vez, cobre o rosto com uma mão e encara o saquinho de cocaína na outra, paralisado. Os óculos redondos quase caindo da ponta do seu nariz.

— Eu tentei — falo, começando a chorar —, mas não consegui ficar sem, e vocês não me ouviram!

— Isso não é comum, Maia! O médico te passou Sertralina!

— Mas não funcionou! Eu preciso desse! — Aponto para os comprimidos em sua mão.

— Não, não precisa! — ela grita. — E isso aqui... — Toma a cocaína da mão de Rubens e mostra para mim. — Você está de sacanagem?! Já pensou se as crianças pegam? O que você tem na cabeça, Maia?!

— Muita coisa — balbucio.

— Tipo o quê? Hein? Você só tem dezessete anos! — argumenta Cássia. — O que de tão ruim você pode ter na cabeça para precisar se drogar desse jeito, Maia?!

Tá de brincadeira?

— Eu... — Engasgo. Penso em contar, molho os lábios e aperto as mãos em punho. Vou contar. — Eu...

— Não entendo — ela diz, levando as mãos à cabeça. — É só uma fase, Maia. A adolescência não é esse monstro todo. O problema é que vocês exageram demais. São só garotos, provas e amizades. Não é nada demais!

Engulo em seco. Os adultos são engraçados. Quando eles crescem, se esquecem de que já foram jovens, dos problemas que tiveram e de tudo que seus pais os fizeram passar. Então fazem exatamente a mesma coisa com os filhos.

Não é nada demais.

— A partir de hoje, vamos revistar as suas coisas todos os dias quando chegar da escola — declara tia Cássia. Corro os olhos para Rubens, que ainda me observa, sem reação. — E chega de festas da escola. Vou marcar uma nova consulta com o dr. Fernando para resolver o seu problema.

Sinto as lágrimas molhando meu rosto e minha camisa. Por fim, Cássia passa por mim e vai em direção à porta.

— Tia, por favor... — suplico.

Mas ela me ignora. Olho para Rubens, desesperada. Sem dizer nada, este também passa por mim e sai do quarto.

O fim de semana se torna uma sequência agonizante e devastadora de momentos ruins. Passo o sábado e o domingo inteiros na cama. Não saio nem para comer nem para tomar banho ou ir ao banheiro. Chego a fazer xixi em um copo e jogar pela janela, para não precisar sair do quarto. Só de pensar em encarar o mundo totalmente sem o *filtro* que meu remédio me proporcionava, entro em pânico.

Porém aqui dentro é ainda mais barulhento e apavorante do que lá fora. A última vez que me encarei foi quando minhas pílulas acabaram e o Doc estava em casa com mononucleose. Ele estava tão mal que não conseguiu nem pegar o celular, me fazendo ficar quase uma semana sem as pílulas. Foi péssimo. Ainda assim, tinha um armário de remédios domésticos totalmente a minha disposição em casa. Deu para me virar. Mas, desta vez, não tenho nada, só meus demônios gritando dentro da minha cabeça. E eles gritam, gritam, gritam, gritam. Eles querem me matar. Tenho certeza disso. Para piorar, o maldito do Breno não respondeu minhas mensagens o fim de semana inteiro. Vamos torcer para ele não estar com mononucleose de novo.

Por fim, chega a tão esperada segunda-feira. Procuro o Doc antes do início da aula, mas não o acho. *Porra Doc, cadê você com as minhas drogas?!* Depois o procuro na hora do intervalo. Nada. Começo a pensar que ele não foi para a escola e me desespero.

Então, quando o sinal do fim da aula toca e saio do prédio, avisto o moleque apressado, indo em direção ao ponto de ônibus. Corro atrás dele.

— Doc! Doc! — Aproximo-me dele e toco seu braço. — Ei, que porra é essa? Você sumiu! Não viu minhas mensagens, não?!

— É, eu vi — diz ele, sem parar de andar. Seus olhos estão no chão.

— E aí? Por que não me respondeu? Cara, eu tô sem nada. Você precisa me arrumar algo!

— Já era, Maia. Acabou! — replica, sem me olhar nos olhos. Sua voz soa sem paciência.

– Acabou o quê? O Donaren? Tudo bem, me arruma outro então, sei lá, Alprazolan, Rivotril, qualquer coisa...

– Não dá, Maia! Acabou! – exclama o garoto, parando finalmente. Seus olhos estão vermelhos e inchados. – Não tem mais drogas, tá legal? Meus pais descobriram o que eu tava fazendo e pegaram tudo, meu dinheiro, tudo...

Sua voz falha no final ao mesmo tempo em que seus olhos ficam marejados.

– O quê? – Meus pensamentos estão a mil. – Mas... Como vou arrumar remédios agora?

Doc me encara, incrédulo.

– Cara, isso não é mais problema meu, é seu.

De súbito, passa por mim. Vou atrás dele.

– Não, não, não, Doc. Você não pode... não pode me deixar assim!

Ele chega ao ponto e para, com os olhos vidrados em um ponto à sua frente. O ônibus chega.

– Doc, por favor! – imploro.

– Não posso mais te ajudar, Maia.

O garoto sobe no ônibus.

– Doc! Doc! – grito do lado de fora. – Breno! Preciso de você, Breno! Me ajuda!

O ônibus começa a sair, enquanto esmurro sua lataria.

– Breno...! – chamo.

Mas ele se vai. E com ele, a era do silêncio e da mansidão. Que venha a era da loucura e da gritaria.

Acordo. Vou à aula. Vago pela escola. Volto para casa. Minha tia me revista. Fico na cama. Durmo.

Repete.

Acordo. Vou para aula. Vejo pessoas comentando sobre novos vídeos de garotas naquele novo site. Volto para casa. Minha tia me revista. Fico na cama vendo os vídeos. Durmo.

Repete.

Acordo. Finjo estar doente para não ir à escola. Minha tia me obriga a ir. Brigamos. Quebro alguns quadros e porta-retratos de casa. Mato aula para ir a uma farmácia do outro lado da cidade comprar dipirona e antialérgicos. Escondo os remédios dentro do meu tênis. Volto para casa. Minha tia me revista, mas não encontra nada. Fico na cama. Vejo vídeos das garotas no site. Durmo.

Repete.

Acordo. Fico chapada de remédios. Vou à escola. Vejo pessoas comentando sobre mais vídeos de garotas e os preparativos para a festa de aniversário de Andalina. Volto para casa. Minha tia me revista. Vou para cama.

Chega.

Me levanto da cama e me olho no espelho. *Preciso sair daqui.* Arranco os pijamas, coloco uma legging preta, um vestido liso por cima, o maior moletom com touca que tenho no armário e o tênis com os comprimidos. Encaro meu reflexo, decidida e notoriamente perturbada, no espelho.

Pego meu celular e saio do quarto. Passo pela cozinha. Meus primos e meu tio estão na sala. Minha tia me olha enquanto descasca uma cenoura na pia. Ignoro todo mundo e vou em direção à porta.

— Ei, ei, ei! Aonde pensa que vai?

Viro-me para olhá-la.

— Sair. Não aguento mais ficar aqui.

— Você está louca?! Não pode sair.

— Hum hum. Tchau, tia.

Abro a porta e saio.

Ela vem atrás de mim.

— Maia! Volta aqui! — grita.

Depressa, pego minha bicicleta e abro o portão, porém Cássia me segura pelo moletom.

— Larga essa bicicleta e volta para dentro, agora! — ordena.

Eu a encaro, desafiadora.

— Não. Eu vou sair — pronuncio pausadamente.

— Maia! — Tio Rubens me chama da porta. — O que você está fazendo? Entra!

— Não! — replico, tentando me desvencilhar da mão forte e nervosa da minha tia. — Eu vou sair! Não aguento mais ser a prisioneira de vocês. Me solta!

Puxo meu moletom até que minha tia me solta. Corro para fora e subo na bicicleta.

— Maia! Estou mandando voltar!

— Vocês não são os meus pais. Parem de agir como se fossem! — grito, já me afastando sobre a bicicleta. *Enfim, livre.*

Soube mais cedo que a Dani, da minha sala, vai dar uma festa na casa dela esta noite. A garota é rica, mora em uma das maiores mansões de Andalina. Não posso perder.

Chego ao local e vou em direção ao gramado. Sim, *gramado*! A casa é enorme, com aquelas paredes de vidro, permitindo ver tudo por dentro, e com um belo espaço verde perfeitamente cortado na frente da casa. Desço da bicicleta e a solto de qualquer jeito na grama. Dirijo-me até a entrada.

Logo ao passar da porta, pego uma garrafa de vodca da mão de um garoto e engulo metade em dez segundos.

— Aí, galera, a Super Maia tá na área! — grita alguém um pouco mais alto que a música.

Ouço um uníssono de gritos de aprovação e, como resposta, mostro o dedo do meio para todo mundo. Devolvo a garrafa para o garoto, sem olhá-lo, e vou atrás de mais bebida.

O lugar está abarrotado de gente. Reconheço algumas, mas outras nunca vi na vida. Devem ser de outro colégio. A música está alta e tem várias luzes coloridas iluminando e piscando pelo local. Finalmente, encontro a cozinha e...

Puta merda.

A bancada, que deve ter uns dez metros quadrados de tão enorme, está preenchida de garrafas de bebida. Cada centímetro. Nunca vi tanta bebida junta em toda minha vida. Então, *foda-se!* Inicio a degustação.

Começo virando doses aleatórias, das mais diversas cores e sabores. Depois, fico um pouco mais seletiva e começo a beber enquanto leio os rótulos nas garrafas, para ver o que estou bebendo.

— Hum, jabuticaba... — Leio, fingindo ser uma degustadora profissional de cachaça.

E viro outra dose. Logo, tudo vira um caos. Quebro minhas próprias regras de segurança e ultrapasso todos os limites que tinha criado. Antes das onze horas, já estou tão bêbada que mal consigo ficar em pé. Em algum momento, arranco meu moletom e jogo em qualquer lugar. Fumo maconha com umas garotas e tomo um comprimido de MD com elas. Pelo menos, espero que seja MD.

Estou sentada no sofá neste momento, sentindo meu cérebro dando voltas dentro da cabeça. Um casal de garotos me oferece pó. Deveria aceitar para quebrar um pouco do efeito do álcool, mas recuso. Eu estava lívida. Ao meu redor, apenas barulho, gritos, música, luzes, vômito e pegação. Mas aqui dentro tudo está calmo. As luzes piscam devagar, o barulho foi abafado, e os movimentos parecem vultos em câmera lenta diante de mim.

Fecho os olhos e respiro devagar. De repente, estou de volta à minha bolha particular de torpor. É tão macia e confortável. Sorrio suavemente com a sensação.

Então, abro os olhos e, no meio da euforia e dos fantasmas de luzes e de fumaça, encontro Michael. Ele bebe com seus amigos bem no meio da festa. Fico enjoada. Não suporto a ideia de ficar no mesmo lugar que aquele desgraçado. Levanto-me e saio, cambaleante, em direção à porta que leva à piscina.

Há menos pessoas ali fora, e ninguém na piscina nesse momento. Avisto um sofá com grandes almofadas perto da água e me largo nele. Um momento, ou talvez uma hora depois, alguém se senta ao meu lado. Sei que é um garoto chamado Lucas, porque ele me disse, mas depois disso, paro de escutar o que ele fala. Mal consigo me mover, só o que faço, vez ou outra, é sorrir para o que está dizendo.

Espera, penso quando finalmente tomo conhecimento da mão dele dentro da minha calça. *Espera! Para!* Tento falar, mas, como se estivesse dormindo, com paralisia do sono, nenhum som sai da minha boca.

Debato-me, ou pelo menos tento me debater. Tento afastar a mão dele e pedir que pare, mas não consigo. Estou bêbada demais para aquilo.

— Esper... — balbucio finalmente.

— Sei que você quer — diz ele, beijando meu pescoço.

Não quero, não! Como ele deduziu isso? Em algum momento eu disse para ele que queria? Ele apenas adivinhou, olhando para o meu corpo lânguido jogado no sofá? É algum tipo de vidente sexual?!

— Para... — continuo tentando pronunciar.

Mas ele não para. Sua mão está dentro da minha calça, por debaixo do meu vestido, e se aproxima da minha calcinha.

— Por... favor... — peço.

Ele me ignora. Algo começa a se remexer dentro de mim, ao mesmo tempo em que seus dedos começam a acariciar minha vulva. Estou enjoada. Antes que perceba, espirro vômito em cima do filho da puta que, nesse momento, forçava os dedos para dentro da minha vagina.

— Argh! Que nojo! — exclama o abusador, se afastando de mim.

Enfim, livre, arrumo minha calça e me levanto, tentando sair dali. Entro novamente na casa e procuro o banheiro. Quando o encontro, empurro a porta e paro na frente do espelho do armarinho. Não choro, apenas me encaro, impassível.

Enquanto observo a garota cheia de olheiras e aparência humilhante no reflexo, algo me ocorre. Levo minha mão ao puxador do armarinho e o abro. Dou de cara com dois frascos de remédio. Não consigo ler o rótulo, mas sei que são antidepressivos ou calmantes. Meus olhos brilham.

De súbito, a porta do banheiro se abre e dois garotos entram, rindo alto. Escondo os remédios atrás de mim.

— Ah, desculpa, a gente só tava... — um deles tenta explicar, mas para de falar e apenas continua rindo.

São os garotos que me ofereceram pó mais cedo. Pelas roupas e maquiagens, eles parecem *queers*. Isso me alivia.

— Aí, acho que tô a fim daquele raio que falaram antes — sugiro.

Eles se olham, animados. Fecham a porta e tiram um saco de *coca* do bolso. Com uma chave pendurada num colar com muitas outras coisas, ele pega um pouco e aspira. Depois do outro, é minha vez.

Repito o procedimento novamente, e o mundo já fica menos embaçado. Pronto. Agora posso ir para casa.

Saio do banheiro com os frascos de remédio, encontro meu moletom jogado em um canto da sala, empurro pessoas até a saída e passo pela porta. Pego minha bicicleta no gramado, subo e vou embora.

Chegando em casa, tento fazer o mínimo de barulho possível. Quando abro a porta, percebo que Cássia e Rubens dormem no sofá. Provavelmente me esperando chegar. Vou em silêncio até o quarto, entro e fecho a porta. Tiro os frascos do bolso do moletom e os deposito sobre a mesa, ao lado do meu laptop desligado. Sento-me na cadeira e os encaro.

No mesmo instante, sinto meu rosto arder e queimar. Começo a chorar. Cubro a boca com a mão, para não fazer barulho, e logo estou soluçando. Só queria que tudo parasse, aquele medo, a culpa, o sentimento de vulnerabilidade. Mas, afinal, é culpa minha. *Eu* fui à festa, perdi o controle, tirei meu moletom, deixando meus ombros à mostra. *Eu* bebi até quase ser estuprada... de novo.

Pensando nisso, pego o copo de vidro vazio, do lado do meu computador, e trago para perto. Abro o primeiro frasco de comprimidos e despejo no copo. Abro o segundo e faço a mesma coisa. Em seguida, tiro meu tênis e destaco as duas cartelas de comprimidos junto dos outros. No final, o copo está cheio até a metade.

"Não é nada demais", lembro.

Para quem? Porque para mim é o suficiente. Aliás, já havia passado do limite. É o bastante para desejar virar aquele copo, mastigar aqueles remédios como se fossem balinhas coloridas e acabar com tudo bem ali.

E a culpa é minha. Minha, minha, minha... Olho para tela do laptop ao meu lado. Espera. É minha? Engulo em seco. Apertando a barra de espaço, a tela se acende. Digito a senha. A última coisa que estava vendo aparece na tela: "As ~~vadias~~ garotas de Santa Cecília".

Durante dias, assisti aos vídeos de garotas contando sobre traumas pessoais, abusos, preconceito religioso e racial, bulimia e até sobre abortos naquele site. Vi garotas se apoiando e dando suporte a Betina. Percebi que não fui a única a sofrer um assédio ou a ser estuprada numa festa da escola. Tudo aquilo me faz perceber, mesmo que tardiamente: não sou a culpada.

Mesmo que eu só usasse roupas curtas e bebesse para me divertir, isso não colocaria uma placa de *me coma* na minha testa. Sou apenas uma garota querendo aproveitar uma festa! Não é justo não poder colocar a roupa que quero por medo de garotos não conseguirem *se controlar*! É um absurdo, é doentio pensar assim! Também não é justo precisar viver minha vida chapada para esquecer o que um filho da puta fez comigo. Não, não é justo.

Ainda assim, foi exatamente o que fiz.

Rolo a página do site para baixo. Lá no fim, depois do último depoimento, tem um botão escrito "envie seu vídeo". Olho do botão para o copo de remédios. Estou numa encruzilhada e preciso fazer uma escolha, e ela não é nada fácil.

Lembro-me do garoto enfiando os dedos dentro de mim uma hora atrás e isso me faz chorar. Levo minha mão ao copo e o seguro com firmeza. Com os dedos envoltos no vidro gelado e fino, considero a opção. Quem sabe ainda quantas merdas como essa eu teria que enfrentar. Não sei se sou forte o bastante para mais nenhuma. Minha mão treme. Solto o copo sobre a mesa e me levanto.

Ando pelo quarto nervosamente, de um lado para o outro. Penso. Choro. Sofro. Paro. Olho para o copo.

Não é culpa minha. Não foi culpa minha. Posso ser uma vadia, usar a roupa que quiser, e, ainda assim, não vai ser culpa minha.

Foda-se.

Pego o copo de súbito e saio do quarto, decidida, tentando fazer silêncio. Entro no banheiro e olho para a privada. Fecho os olhos e respiro fundo. *Não é culpa minha.* Talvez ainda precise repetir muito isso para mim mesma até que comece a realmente fazer sentido. Afinal, não é fácil desfazer uma ideia que foi plantada na minha cabeça há tanto tempo, por pessoas da minha própria família, escola e círculo de amigos, mas preciso tentar.

Abro os olhos. Tomando coragem, viro os comprimidos dentro da privada e dou descarga. Vejo-os girar no rodamoinho de água e ir embora, enquanto penso: "Agora não tem volta".

Volto para o quarto e me sento na frente do computador. Com os dedos ainda trêmulos, clico no botão "envie seu vídeo". A webcam se abre e me vejo na tela. Molho os lábios.

— Oi! Meu nome é Maia, tenho dezessete anos e estudo em Santa Cecília desde os onze. — Faço uma pausa. Respiro fundo. Meus olhos já estão inundados. — Há uns três anos, em uma festa dos alunos da escola... fui estuprada. Não sei por quem. Eu tava bêbada demais para reparar. Então, até hoje, estudo na mesma escola que o meu estuprador e não sei quem ele é. — Começo a me lembrar dos momentos que me levaram até ali. — Isso me fez ficar viciada em remédios. Comecei a tomar antidepressivos logo depois disso acontecer e não parei mais. — Me lembro das brigas com meus tios e penso em como isso pode afetar o crescimento dos meus primos. — Fiquei viciada na sensação que eles me davam. Na calma e em como eles me faziam esquecer aquele dia. Porém, nessa noite, aconteceu de novo. Fui a uma festa, e um garoto colocou a mão na minha calcinha. Eu tava bêbada demais para falar não. E eu tô cansada disso! Cansada de ter medo de ser estuprada e até de usar roupas largas para tentar evitar. Cansada de ter medo de contar para alguém o que aconteceu e ser julgada. E, principalmente, de não dar em nada e no final ser culpada por estar no lugar errado, com a roupa errada, ou ter falado o que não deveria.

Uso as mangas do moletom para enxugar o rosto.

— Eu tava há cinco minutos com um copo cheio de comprimidos na mão. E eu ia tomar. Deus sabe que ia tomar, mas não o fiz. Escolhi vir aqui e gravar esse vídeo. Nem sei no que isso vai dar, ou se vai dar em alguma coisa, mas só precisava falar. Não tô pronta para desistir. Talvez piore, com certeza vai piorar, mas ver os vídeos me deu força e me fez querer ser forte como vocês. Então, dane-se! Vou tentar. Por... sei lá, por todas nós, por mim, pela Betina, e para que esses desgraçados parem de sair impunes. — Limpo o rosto novamente. — Talvez eu até vá para a reabilitação. — Rio. — Não vou deixar ferrarem a minha vida de novo. É isso. Obrigada. Eu realmente espero que isso dê em alguma coisa. Mas se não der, já valeu a pena. Viva as vadias de Santa Cecília.

Clico em enviar. Enxugo o rosto e sorrio. Droga, preciso me desculpar com o Doc.

Sabrina

Por Camila Soares

Certa vez, li em um livro a seguinte frase: "Toda despedida é dor... tão doce, todavia que eu te diria boa noite até que amanhecesse o dia".

Na primeira vez, não me impactou de imediato, não senti o peso das palavras, porque não sabia, até então, o que era uma partida. Tempos depois, aos dezesseis anos de idade, após Natan e Delphine, meus melhores amigos, partirem para o Canadá, senti o sabor da despedida. Não era nem um pouco doce. Era frio, amargo e difícil de engolir.

Quando Delphine deu a notícia sobre a mudança, fiquei atônita. Sequer conseguia piscar, ela me abraçava e chorava, dizendo repetidas vezes o quanto sentiria a minha falta. Natan se juntou ao abraço minutos depois, chorando copiosamente, fazendo a cor pálida do seu rosto se transformar em rosa.

Tentei não chorar na frente deles, passei o resto do dia contando piadas, dizendo o quanto estava feliz por ter um lugar onde passar as férias do final de ano e que sempre manteríamos contato. Rimos, fizemos planos para as férias, assistimos aos nossos filmes favoritos e tomamos sorvete em uma pequena sorveteria próximo à minha casa. Mal sabia que aqueles seriam meus últimos momentos de riso.

A partir daquela noite, o sono simplesmente desapareceu. As lembranças dos últimos dias com os meus amigos latejavam na minha mente, pareciam farpas ferindo cada canto do meu subconsciente e incitando o choro.

Não conseguia controlar, toda vez que pensava nos rostos de Natan e Delphine, lágrimas escorriam pelo meu rosto sem cessar. O mais desesperador era o ritmo da minha respiração, rápido e inquietante. Meus pulmões se dilatavam com tanta violência que meu peito doía, como se cada inspiração fosse um soco na caixa torácica.

Na primeira noite em que tive crise de ansiedade, sentei-me na beirada da cama e comecei a procurar coisas ao meu redor para me distrair, mas é difícil focar em algo quando seu corpo está trêmulo e fraco.

O desespero parecia deixar meu corpo mais mole. Caí ao tentar sair da cama, ganhando hematomas nos meus cotovelos e ampliando os que já tinha nas coxas.

Sozinha. Eu estava sozinha. Não tinha ninguém por perto para me ajudar, sequer para assistir ao meu sofrimento. Por alguns segundos, desejei que qualquer pessoa estivesse ali, parada diante de mim, para a solidão não abrir mais um buraco no meu peito.

Meus pais devem ter ouvido o baque, pois, em menos de treze segundos, bateram à porta do meu quarto para saber se eu estava bem. Como não respondi, entraram no quarto. Ambos me abraçaram, beijaram o topo da minha cabeça e tentaram me confortar como podiam, até fizeram chá de camomila para acalmar meus nervos.

O chá, os abraços e os beijos acalmaram meu exterior, porém minha mente permanecia uma bagunça e nada podia consertar o fato de que, sem os meus amigos, eu era só um lobo solitário, perdido no meio de uma floresta mal iluminada e cheia de predadores maiores e sagazes.

As crises de ansiedade se tornaram parte do meu cotidiano. Surgiam sempre quando eu queria dormir ou encontrava alguma foto dos meus amigos. As que estávamos nós três juntos costumavam engatilhar as crises com mais frequência. Então, retirei todas as fotos que estavam coladas nas paredes do meu quarto, pedi para meus pais darem um fim nos retratos, que decoravam a minha escrivaninha, e excluí o máximo de fotos que pude do meu celular. Sobraram algumas antigas, mas deixei-as arquivadas.

Pensei que se me livrasse das fotos, começaria a sentir um alívio no peito, todavia aconteceu justamente o contrário. O peso aumentou e comecei a ter crises de choro também. Após me flagrar chorando no canto do quarto, meu pai me deu uma xícara de chá com gotas calmantes, sentou-se ao meu lado e beijou o topo da minha cabeça.

— Amanhã a gente vai ao médico para descobrir o que você tem. — Pude sentir algumas lágrimas caindo na minha cabeça enquanto dava pequenos goles na xícara de chá. — Pode matar aula, se quiser.

— Não — respondi, com a voz um pouco rouca por causa do choro. — Tenho prova de Física e de Química. Minhas notas caíram muito... não posso faltar mais.

Entreguei a xícara vazia para ele e o olhei nos olhos. Meu pai parecia mais triste do que preocupado. Sei que é algo horrível de se pensar, mas senti uma pontinha de felicidade ao ter alguém olhando o meu sofrimento e tentando me ajudar.

A última coisa que queria era preocupá-lo ainda mais, então respirei fundo e abri um pequeno sorriso.

— Vamos ao médico depois da aula, pode ser? — perguntei, me esforçando para manter o sorriso no rosto e torcendo para ele aceitar a proposta.

Meu pai me encarou por alguns minutos, com uma expressão pensativa em seu rosto, coçou a pequena cicatriz que tinha bochecha esquerda e, enfim, aceitou. A única exigência foi ligar se começasse a passar mal. Acordo fechado.

Acordei no dia seguinte, com o sol no rosto, e pude sentir aquela luz quente tocar a minha pele com certa ternura. Geralmente, fecharia a cortina, até porque não sou do tipo que toma banho de sol ou gosta do calor, mas, naquele dia, deixei o toque quente abraçar a minha pele, me fazendo lembrar do Natan. Ele sempre gostou do sol e do clima de verão. A janela de seu antigo quarto era enorme, dando a impressão do cômodo ser maior do que era, e tinha vista para a barulhenta avenida do outro lado da rua. Natan gostava mais do sol do que da vista, pois era barulhenta e cinza demais para ele.

A minha janela tinha vista para a parte vazia do terreno, com grama alta, flores dentes-de-leão e pequenas margaridas. Sempre fui indiferente a ela, mas o Natan a amava. Dizia ser a melhor parte da casa. Hoje, sei o que ele quis dizer. Essa vista era um cenário apaziguador, adormecendo meus pensamentos agitados e enchendo o meu pulmão com o doce cheiro de terra molhada e hortelã.

Tendo feito a minha higiene pessoal, voltei para o quarto para trocar de roupa. Fiquei parada diante do espelho, encarando o meu corpo por inteiro, das enormes e profundas olheiras até as gorduras da minha barriga. Deslizei os dedos por sobre as estrias que estavam ali e nas minhas coxas, percebi mais uma estria aparecendo nos meus glúteos.

Delphine costumava falar das estrias como marcas da natureza, para mostrar que somos fortes como as raízes das árvores. Dizia que os lábios leporinos do Natan eram cicatrizes de guerra e que ele deveria se orgulhar disso ao invés de ficar se queixando. Por mais que não gostasse de admitir, ela tinha uma visão romântica sobre qualquer coisa considerada um defeito pelas outras pessoas.

Esbocei um sorriso melancólico enquanto abria as gavetas do guarda-roupas. Meu pai sempre diz: "Se você quer que seu dia seja agradável, comece-o vestindo algo que não só te deixa confortável, mas te traga boas lembranças". Bom, meu dia não precisava ser cem por cento agradável, só de não ter crises de ansiedade no meio da prova já ficaria feliz.

Que tipo de roupa eu visto para isso?

Vesti a calça jeans cujos buracos nos joelhos foram feitos por Natan e eu. Lembro-me do dia em que ia jogá-la fora, porque estava um pouco rasgada no joelho esquerdo, mas Natan decidiu reformá-la. O resultado ficou incrível e essa se tornou uma das minhas peças de roupa favoritas. Peguei a terceira camiseta na pilha dentro da gaveta, a desdobrei e a contemplei por alguns segundos antes de vesti-la. A estampa dessa camiseta foi feita pela Delphine. Ela me deu no meu aniversário de quinze anos. Naquele dia, iríamos passar o meu aniversário em uma galeria do rock próximo à casa dela, porém acabei ficando com intoxicação alimentar e não pude sair de casa.

Como eu sempre quis uma camiseta da banda Legião Urbana, ela comprou uma branca e fez a estampa sozinha, seguindo tutoriais da internet. Confesso que, ao olhar para o espelho, me senti de volta àquele tempo em que tinha meus únicos amigos perto de mim.

Após um bom café da manhã cheio de palavras de preocupação vindas dos meus pais, fui à escola. Fiquei parada diante da entrada, encarando o vasto corredor, cheio de adolescentes, alguns sorridentes, outros cabisbaixos.

É tão estranho caminhar pela escola sem a Delphine reclamando do quanto detesta acordar cedo, sem o Natan me dando petelecos ou tagarelando sobre os filmes que todos deveriam assistir — em sua maioria, filmes antigos e estranhos o bastante para não serem considerados *cult*.

Era a primeira vez que me sentia obrigada a ir à escola, e isso era desgastante. Senti-me como um zumbi, uma criatura morta-viva, cuja essência foi roubada e sequer sabe o porquê da sua existência.

Será que era assim que os outros alunos se sentiam? Um vaso que fora quebrado por um simples toque e, agora, está tentando unir cada pedacinho perdido?

Olhar para cada um daqueles rostos me fez pensar se os sorridentes sorriam genuinamente, se os silenciosos estão internamente gritando por socorro.

Fui ao banheiro lavar o rosto, para devanear menos e focar mais nas provas, que seriam nas quatro primeiras aulas. Não podia tirar menos do que 8 para conseguir passar nessas matérias. Depois, entrei na última cabine e retirei minhas anotações da mochila, para tentar revisar o conteúdo às pressas.

Não sei por quanto tempo fiquei trancada ali, mas foi o suficiente para que uma garota batesse furiosamente na porta.

— Ei! Não vai sair daí, não? Desceu pelo ralo? — dizia a garota enquanto batia.

— Só um minuto — respondi em voz baixa, devolvendo minhas anotações à mochila.

Dei descarga para fingir ter utilizado o vaso sanitário. Quando abri a porta, me deparei com uma garota alta, de cabelos escuros com mechas azuis, coturnos e batom preto. Ela usava uma calça legging e jaqueta de couro pretas e tinha lábios incrivelmente carnudos. O rosto era fino e as maçãs do rosto eram rosadas e delicadas. O que mais me surpreendeu foi vê-la sorrindo para mim, ao perceber que estávamos usando a mesma camiseta.

— Ei, curti a camiseta. Você deve ser do tipo raro que tem bom gosto musical. — Abri a boca para responder, mas ela me interrompeu: — Estou passando mal e preciso vomitar, mas fica me esperando aí fora que já falo com você.

Ela não parecia passar mal, mesmo assim, assenti com a cabeça e a aguardei do lado de fora da cabine. Fiquei ouvindo os sons da garota vomitando, enquanto lavava as mãos. Ela ficou um bom tempo lá dentro, o que me fez acreditar que realmente não estava bem. Afinal, nenhuma pessoa saudável expurga por dez minutos. Por fim, saiu da cabine com uma expressão fraca, parecendo estar prestes a desmaiar.

Antes que pudesse chamar a inspetora, a garota abriu a torneira e começou a beber a água que caía sem parar. Depois de lavar a boca, tirou um spray de hortelã do bolso da jaqueta e o espirrou várias vezes, até se sentir satisfeita. Ela fez tudo isso ignorando completamente a minha presença.

— Você... — tentei puxar algum assunto enquanto a observava pentear os cabelos com os dedos. — Você disse para eu te esperar.

— É verdade, já ia esquecendo. — Ela soltou uma risadinha amarela. Acho que não queria realmente que a esperasse. — Então, você gosta de Legião Urbana, não é? Fala aí, curte rock no geral?

Coloquei uma mecha de cabelo atrás da orelha e respondi, com a voz um pouco hesitante:

— Curto, sim. Na verdade, é o meu gênero musical predileto.

Os olhos dela brilharam e o sorriso foi de orelha a orelha, tornando seus olhos um pouco menores, o que não anulava sua beleza.

— Muitíssimo prazer, meu nome é Luara, mas pode me chamar de Lua. Acho mais descolado assim, é meu nome artístico. — Estendeu a mão para me cumprimentar. — E você? Qual é o seu nome?

A cumprimentei com a mão trêmula e senti a ponta dos dedos dela tocando as costas da minha mão. Podia sentir os calos nas pontas de seus dedos.

— Sabrina. Nome artístico? Você tem uma banda ou algo assim?

— Ainda não, mas sei que é só questão de tempo.

Levei um susto com o som do sinal, anunciando que já deveríamos estar nas salas de aula. Senti meu coração palpitar um pouco mais rápido quando me lembrei de que teria prova.

— Ei, qual é a sua sala? — Lua sequer esperou a minha resposta. — Esquece. Na hora do intervalo a gente se encontra no refeitório para conversar mais. Até!

Tudo aquilo foi muito estranho para mim. Essa garota, a tal de Lua, conversou comigo com tanta naturalidade que me deixou assustada. Ninguém conversava comigo desse jeito, digo, ninguém esteve realmente disposto a ser meu amigo, exceto Natan e Delphine.

No intervalo, peguei o meu lanche dentro da bolsa e fiquei parada diante da porta da sala. Fiquei ali, totalmente estática, com as mãos suando e tremendo de ansiedade.

Por que ela iria querer continuar a conversa? Ela com certeza tem mais amigas para conversar sobre isso, então, por que eu? Deve ser uma pegadinha. Vai me levar até as amigas para caçoar de mim... pensei, enquanto tentava mover as pernas.

Meus únicos amigos que poderiam me livrar dessas situações se foram. Estou sozinha. Sozinha, repeti em meus pensamentos.

Minha respiração começou a acelerar e agarrei a maçaneta, pressionando o metal frio na palma da mão. Fechei os olhos e tentei pensar em outras coisas. Algo que eu gostava.

Chuva.

Comecei a pensar nos dias de chuva, nos momentos em que meus pais e eu tirávamos os sapatos e corríamos para o quintal, para dançar na chuva e gritar como loucos. Depois, entrávamos em casa, tomávamos um banho quente e fazíamos pipoca para acompanhar o filme do dia.

Cinema em casa.

Essa era a minha parte favorita da semana, o dia do cinema em casa. Escolhíamos filmes antigos de qualquer temática, fazíamos lanche e apagávamos as luzes da sala. Minha gatinha, sempre ficava em cima da minha perna, pedindo carinho na barriga e pipoca.

— ... a sala — disse a inspetora.

— Hã? — balbuciei ao abrir os olhos e enxergar a mulher baixinha, de cabelos curtos e castanhos, com óculos fundo de garrafa e um suéter preto com listras beges. — Perdão?

— Disse para você sair daí, preciso fechar a sala — repetiu, impaciente, girando o molho de chaves no dedo indicador.

Assenti com a cabeça e saí de perto da porta. Deveria ficar zangada ou minimamente chateada pela grosseria, porém, de certa forma, fiquei grata a esse *empurrãozinho*. Ao menos, foi assim que me senti por pelo menos cinco minutos, enquanto caminhava rumo ao pátio. Depois, comecei a maldizer mentalmente a inspetora, com xingamentos dos mais variados. Graças a ela, teria que encarar uma possível humilhação. Estava quieta no meu canto, tentando me acalmar e aquela mal-amada me fez sair dali.

Lua estava no meio do pátio, exibindo seu sorriso contagiante e gesticulando de maneira agitada, enquanto conversava com mais uma garota, tão linda quanto ela.

A outra garota tinha a pele cor de café torrado, cabelos crespos e armados e grandes olhos castanhos, que a tornavam mais atraente. De repente, Lua parou de conversar com a amiga e olhou para mim, sem tirar o sorriso do rosto. Ela acenou, indicando para eu ir até elas. Meu coração disparou novamente.

Agora é tarde para correr.

A sensação era que meu coração ia sair pela boca. Não sabia se ia até elas ou se esperava virem até mim, se deveria puxar papo ou se uma delas iniciaria a conversa, se deveria dizer *oi* ou *e aí?*

E se ela me apresentar para mais pessoas? O que devo fazer?

— Finalmente! — Lua devia ter cansado de esperar e decidiu puxar a amiga na minha direção. — Andrea, essa é a garota de quem te falei. Sabrina, esta é a Andrea, minha melhor amiga e parceira de crime.

Ambas riram e trocaram tapinhas nos ombros.

— Não liga para a Lua, ela é doida assim mesmo — respondeu Andrea, com sua voz alegre. Ela estava usando uma camiseta amarela e uma saia rosa-clara estampada. — Quer almoçar com a gente no refeitório?

Acenei com a cabeça e esbocei um sorriso tímido. Por enquanto, tudo estava indo bem. Durante a ida do pátio até o refeitório, Lua e Andrea não paravam de conversar sobre a festa de aniversário da cidade e sobre o que fariam quando chegasse o grande dia.

Natan, Delphine e eu sempre passávamos esse dia no shopping, pois as ruas e as praças ficavam lotadas. A impressão que tínhamos era de o shopping ser todo nosso.

— E você, Sá? — perguntou Andrea. — Posso te chamar de Sá, não é? O que você vai fazer quando chegar lá?

— Bem, não tenho o costume de ir a essa festa. Na verdade, não costumo ir à festa alguma. Meus amigos e eu íamos ao shopping e...

— Então essa vai ser a sua primeira vez na festa de aniversário da cidade? — interrompeu Andrea. — Isso vai ser divertido. Lua e eu podemos ir com você. Vamos nos divertir bastante. O que acha de termos uma nova acompanhante, Lua?

O sorriso de Lua desapareceu, sendo substituído por um olhar inquieto, mordidas no lábio inferior e um débil aceno de cabeça como resposta.

Andrea não parava de dizer o quão empolgada estava para me mostrar a festa inteira. Disse que os doces caseiros das barracas eram incríveis e que praticamente toda a cidade iria à festa, então, segundo ela, era uma ótima oportunidade de conhecermos pessoas novas dentro da própria cidade.

Lua cortou o assunto, dizendo que estava ficando entediada e adoraria saber mais sobre o meu gosto musical. Conversamos bastante. Contei a elas sobre meus amigos e o quanto eles eram importantes para mim. Me segurei para não chorar durante a conversa.

Lua me abraçou e Andrea disse que eu jamais estaria sozinha e podia contar com elas para o que precisasse. Foram palavras simples, mas de uma importância inestimável.

Pegamos nossos lanches e nos sentamos em uma das mesas vazias. Compramos pães de queijo e sucos de latinha e pegamos a fruta que as merendeiras estavam distribuindo na cantina.

Enquanto dava a primeira mordida no pão de queijo, Lua e Andrea retiraram pequenas balanças e sacos de plástico de suas bolsas. Parei de comer para prestar atenção, porque aquilo estava estranho demais para mim. Ambas colocaram os pães de queijo e as bananas em cima da balança e se assustaram com o resultado.

— Meu Deus! Querem matar a gente. Olha o tanto de caloria que tem nesse pão de queijo! — exclamou Andrea, enquanto fatiava o pão de queijo em vários pedaços.

— E nessa banana? Como tem gente que tem coragem de dizer que fruta não engorda? — Lua fazia o mesmo, enquanto registrava algo no celular.

Em pouco segundos, deram duas pequenas mordidas nos pães de queijo, tomaram um gole de suco de latinha e jogaram as bananas no lixo. Enquanto comiam, pareciam estar desconfortáveis, como se a comida tivesse um gosto ruim o bastante para dar enjoo.

Fiquei muito sem jeito. Assistir àquilo era desconfortável o bastante para fazer minha fome desaparecer.

— Sá, não repara. A gente está de dieta e devemos seguir à risca, entende? — disse Andréa, deixando o saco plástico cheio de comida em cima da mesa.

— A gente usa esse aplicativo aqui. — Lua desbloqueou o celular e o entregou a mim. — O nome dele é T.A.F. *Total Anti Fat*. Ele mostra dietas excelentes para quem quer emagrecer super rápido, sem precisar pagar academia ou para quem não tem tempo de fazer qualquer tipo de atividade física.

— Ele é incrível! Emagreci três quilos em uma semana. Dá para acreditar? — completou Andrea. — E a dona do aplicativo posta vários vídeos para te ajudar no controle diário de comida que você consome. Antes, eu era muito gorda! Tinha uns, sei lá, sessenta quilos. Hoje tenho cinquenta e sete!

— Mas por que vocês fazem isso? Digo, para que a urgência em emagrecer? — indaguei.

Lua e Andrea franziram as testas e me encararam, como se eu tivesse perguntado por que a palavra banana começa com a letra B. Não contestei, pois acreditava ser algo comum no mundo delas, como uma linguagem própria que somente pessoas fisicamente atraentes entendiam.

Nunca dei muita importância ao meu peso ou à minha aparência no geral. Sim, tinha mais de oitenta quilos devido ao fato de meu metabolismo ser muito lento. Natan e Delphine nunca comentaram sobre o peso um do outro, então, para mim, era um pouco estranho ouvir alguém reclamar disso.

Depois de comermos nossos lanches, conversamos sobre outros assuntos e percebi bastante coisa em comum entre nós, o que me deixou um pouco mais aliviada. Elas também gostavam de filmes antigos, música, arte e de gatos.

Acreditei que em poucas horas ganhei duas novas amigas.

Quando saí da escola, meus pais me levaram diretamente a um psiquiatra, como o prometido. Foi muito bom poder colocar meus sentimentos para fora, por mais confusos que fossem. Sentia um misto de tristeza e raiva, por ter ficado sem meus antigos amigos, alegria e alívio, por acreditar ter feito novas amizades.

O melhor de tudo foi que o psiquiatra não me julgou, sequer me olhou torto, apenas me acolheu com suas palavras reconfortantes e me orientou. Ele me entregou pílulas para controlar a ansiedade e marcou uma consulta com uma terapeuta para a semana seguinte, após a aula. De acordo com o médico, deveria tomar esse remédio após o café da manhã, nunca poderia consumi-lo de estômago vazio.

Ele também deixou bem claro que não teria problema se não conseguisse me abrir de imediato para a terapeuta e que isso era extremamente normal. Deveria seguir no meu ritmo e, aos poucos, iria me soltar.

Ao voltar para casa, contei todo o ocorrido na escola para os meus pais. Eles não paravam de dizer o quanto estavam orgulhosos por eu ter feito novas amizades e que gostariam de conhecê-las pessoalmente algum dia. Em suma, nesse dia, senti um grande peso sair das minhas costas. Era como se pudesse respirar novamente.

Alguns minutos depois de chegar em casa, Lua e eu trocamos as seguintes mensagens:

Lua: *Vamos no shopping? Andrea e eu queremos fazer um mini banho de loja antes do grande dia. Aí a gente aproveita e te compra uma roupa super sexy para arrasar os corações dos gatos ;P*

Eu: *Mds, Lua! Kkkk Vou ver se meus pais deixam, sabe como é.*

Lua: *Me liga se precisar de carona. A mãe da Andrea vai levar a gente ;)*

Meus pais não só permitiram como me deram dinheiro para poder comprar o que quisesse no shopping. Eles não podiam me levar, pois estariam ocupados – ambos trabalhavam no banco do centro da cidade –, então pedi carona para Andrea e Lua.

Em poucos minutos, lá estava eu dentro de um carro super chique com um forte cheiro de perfume amadeirado e de eucalipto. Além de muito espaçoso, o carro tinha uma belíssima cor prateada, e os bancos eram muito confortáveis. Fiquei sentada ao lado de Lua no banco de trás, enquanto Andrea estava no banco do passageiro, ao lado da mãe.

— Oi, fofinha! — cumprimentou a mãe da Andrea com um largo sorriso, após me olhar de cima a baixo. — Andrea tinha razão, seu rosto é lindo mesmo.

— Obrigada, dona... Desculpa, qual o nome da senhora? — perguntei, tímida.

Ela riu alto e balançou a cabeça.

— "Senhora" está no céu! Pode me chamar de tia Chica ou de Francisca mesmo. Ou de Fran, se preferir. — Depois de um tempo em silêncio, continuou a falar: — Fico muito feliz em saber que a minha filhinha fez uma amizade mais decente. Aquela tal de Betina era uma péssima influência, sem contar que vivia tirando seu foco do objetivo de entrar para a faculdade de arquitetura, não é?

Pude ver que Andrea e Lua abaixaram os olhos quando dona Francisca falou sobre a Betina. Com uma mistura de ingenuidade, preocupação e curiosidade resolvi perguntar em voz baixa à Lua:

— Aconteceu alguma coisa com a Betina?

Lua me encarou, surpresa.

— Como você não sabe? — sussurrou de volta. Ela ergueu o olhar para Andrea, que percebeu nossa conversa sobre a antiga amiga e tornou a olhar para mim. — Depois te falo, tá bom?

Assenti com a cabeça e desviei o olhar para a janela. Dona Francisca não parava de falar que estava feliz pela Betina ter saído da vida da filha, que Andrea estava sendo influenciada a ser uma "vadia inconsequente", entre outras coisas.

— Finalmente! — exclamou Andrea, em alto e bom som, quando chegamos ao shopping. Ela saiu do carro, sem olhar para trás. — Meninas, hoje é o dia em que as nossas decisões serão importantíssimas. Temos a obrigação de escolher a melhor roupa para a festa de aniversário da cidade.

Passamos um bom tempo olhando cada vitrine do shopping. Entramos em diversas lojas de sapato. Andrea e Lua experimentaram quase todos, e nada parecia agradá-las. Então, decidiram revisitar todas as lojas de vestidos e roupas caríssimas que já tínhamos visitado minutos atrás e concordaram em comprar os vestidos lá mesmo. Apenas concordei e as segui.

Lua escolheu um vestido curto, de veludo azul-marinho e que destacava suas curvas. Ele tinha um delicado fio dourado ao redor da cintura, que tornava o azul ainda mais brilhante.

— Acha que os meninos vão gostar? — perguntou Lua após sair do provador.

Os olhos de Andrea se encheram de brilho.

— Deixa de ser boba, eles vão amar! Agora é a minha vez. — Em poucos minutos, Andrea saiu do provador, vestindo um delicado, porém esvoaçante, vestido rosé com mangas longas contrastando com a saia curta. Ele não era apertado como o da Lua, mas o bojo destacava seus seios. — O que acham?

Fiquei quieta, pois não sabia o que dizer. Ambas estavam muito bonitas, claro, mas não era um pouco demais para ir a uma feirinha que acontece todos os anos? Não queria levantar esse questionamento, porque tinha medo de ser chamada de brega.

Lua e Andrea trocaram elogios entre si e depois olharam para mim, dando a entender que eu era o voto de minerva.

— Ah, bem, vocês estão lindas — respondi, totalmente sem jeito.

— Obrigada, bobinha, mas agora a gente quer ver o vestido que você escolheu — disse Lua.

Minhas pernas ficaram agitadas e podia sentir minhas mãos suando frio.

— Não encontrei nenhum vestido com valor minimamente acessível, e todos são muito pequenos. — Comecei a estralar os dedos trêmulos.

— Mas deve ter um que você goste, não é? — indagou Andrea, colocando as mãos nos quadris.

— Para ser sincera, gostei bastante daquele ali. — Apontei para um vestido simples, de tecido leve, tons pastéis e flores verdes. — Acho que ele é baratinho e deve ser o único da loja que cabe em mim.

Andrea riu, escandalosa.

— Aquele saco de batatas? Você não está falando sério, Sá. Vamos lá, deixa eu te ajudar a escolher um vestido que te favoreça. Seu rosto é tão lindo que chega a ser inadmissível usar um vestido largo como aquele. Aqui, experimenta este.

Ela jogou no meu colo um vestido preto de tubo, apertado, feito de tafetá e com o decote aberto. O vestido era três vezes menor que o meu corpo.

— Não sei se ele vai caber em mim.

— Claro que vai, ele é tamanho G! — interrompeu Lua. — É o único bonito de maior numeração aqui na loja. Faz o seguinte, leva esse vestido e encara ele como um incentivo para começar uma dieta. O que acha? Andrea e eu temos várias dicas para te dar e você logo vai perder uns dez quilinhos em pouco tempo. Vai te deixar mais saudável e seu corpo vai ser tão bonito quanto o seu rosto.

Não contestei pelo mesmo motivo de não ter comentado sobre o vestido de Andrea. Tive medo de me rejeitarem, de ficar sozinha novamente. Medo de sentir ansiedade de novo, medo de não dormir...

Assenti e forcei um sorriso para tentar mostrar estar contente com a ideia.

❧

Depois das compras, paramos para lanchar na praça de alimentação, mas, desta vez, Lua não repetiu o ritual de pesar a quantidade de comida necessária para mantê-la magra. Ela pediu três hambúrgueres com uma cestinha de batatas fritas acompanhando cada um, mais um copo de meio litro de refrigerante. Começou a devorar seu lanche com tanta voracidade que Andrea e eu ficamos preocupadas.

Alguns minutos depois, Lua ficou pálida e gotas de suor surgiram em sua testa. Pude ver suas mãos tremerem e suarem incessantemente. Me lembrou muito do dia em que a conheci no banheiro feminino, mas desta vez, ela parecia mal mesmo.

— Meninas, vocês me dão licença? — Sem esperar uma resposta, Lua se levantou e foi cambaleando em direção ao banheiro.

Andrea foi atrás dela, me deixando completamente sozinha com as sacolas de compras e suas bolsas. Meia hora depois, elas retornaram com seus sorrisos costumeiros no rosto, afirmando que estavam bem.

Quis perguntar se Lua estava realmente bem, mas nenhuma delas parecia estar disposta a falar sobre o assunto. Caminhamos pelo shopping até o momento em que dona Francisca foi nos buscar. Durante a ida até a minha casa, Lua me deu um frasco de laxante, alegando que o remédio me ajudaria a emagrecer mais rápido e que, se eu precisasse de mais, era só falar com ela.

Assim que cheguei em casa, fui direto para o meu quarto pendurar o vestido novo em um cabide, para ficar observando minuciosamente cada detalhe.

Nunca usei um vestido assim. Será que elas estão certas? peguei o vestido e fiquei na frente do espelho com aquela coisinha minúscula em mãos.

Vou ficar bonita com ele? Vou ficar mais atraente? É claro que ficaria linda! Mas para isso o meu corpo precisa se encaixar na roupa.

Encaro o solitário vidro de laxante em cima da cama, com seu brilho bruxuleante à luz do pôr do sol.

Se começar agora, talvez consiga emagrecer a tempo. Abri o frasco e coloquei algumas gotas na língua. O gosto era muito amargo e chegava a dar náuseas. Depois de alguns segundos, o líquido parecia ficar cada vez mais gelado. Pensei ser questão de se acostumar com o sabor, então tomei mais algumas gotas e quase vomitei.

Não sei se é uma boa ideia. O gosto desse negócio é horrível!

Quase como um presságio, meu celular começou a vibrar, avisando que alguém tinha mandado mensagem. Era Lua.

Sah? Está aí?

Estou, sim. Acabei de tomar algumas gotas do laxante. Tem um gosto horrível :(

Lua: *É assim mesmo, bobinha kkkkk. Nunca consegui me acostumar com esse treco. Mas é para ser usado só nos cinco primeiros dias. Depois, se você não aguentar, tenho uma outra técnica bem mais eficiente. Uso ela todos os dias. ;)*

Eu: *Por favor, não me diga que é outro remédio nojento >:(*

Lua: *É a técnica do vômito. Já ouviu falar? É bem simples. Toda vez que comer mais de oitocentas calorias, vai até o banheiro, coloca o máximo de dedos que puder dentro da boca para provocar o vômito, e tcharam! Pode sentir um pouco de fraqueza durante o processo, mas o importante é não parar até todas as calorias irem embora. Entendeu?*

Sabia que era loucura, porém sentia precisar disso. Precisava emagrecer, ser bonita por completo, de corpo inteiro. Tirar as estrias e ficar com a pele lisinha. Era difícil, mas não impossível. Via mulheres com os corpos assim o tempo todo nas redes sociais e na televisão. Se elas conseguiram, eu também conseguiria.

O objetivo era consumir, no máximo, oitocentas calorias por dia, então, era preciso administrar cada alimento ingerido. Para a minha sorte, o T.A.F. já fazia os cálculos necessários para mim.

Lua: Segue a listinha:

Café da manhã: Uma xícara de café sem açúcar

Almoço: Água

Café da tarde: Água

Janta: Limonada sem açúcar + água.

Lembrando que se você comer mais de oitocentas calorias, PRECISA vomitar.

Eu: *Lua, posso tomar meu remédio para ansiedade?*

Lua: *Nem pensar! >:(Já viu quantas calorias têm esses remédios? Vai precisar dar um jeito de se livrar desses comprimidos.*

Eu: *E se tiver outra crise?*

Lua: *É só meditar que passa. Isso aí não é nada. ;)*

Odiava mentir para os meus pais, nós sempre confiamos uns nos outros e, só de imaginar a quebra desse vínculo, me sentia mal.

Mas isso não vai ser para sempre, não é? É só até o dia da festa. Além do mais, eles não vão saber que estou mentindo se eu esconder a mentira.

Encarei meu reflexo inseguro no espelho do banheiro e quis chorar. As meninas tinham razão, eu era gorda demais. Feia demais. Natan e Delphine deviam ter feito amizade comigo por pena, por eu sempre ter sido uma pessoa sozinha.

Coloque os dedos na boca, anda!

Abaixei a cabeça e fiquei olhando fixamente para o ralo da pia.

Você tomou o remédio hoje de manhã, Sabrina. Sabe o tanto de calorias que esses remédios têm?

Não sabia se conseguiria.

Coloca pra fora. Vai logo!

Coloquei os dedos médio e indicador na boca.

Agora enfia na garganta e vomita.

Um minuto se passou e continuei parada, tremendo e olhando para o ralo. Não iria conseguir. Meus pais descobririam mais cedo ou mais tarde, ficariam chateados comigo e jamais voltaríamos a ter aquele vínculo especial.

Quanto mais você demora para fazer, mais demora para terminar. Vomita logo!

Prendi a respiração e enfiei os dedos no fundo da garganta até conseguir vomitar. O remédio não saiu porque, àquela hora, já devia ter se dissolvido, porém consegui tirar uma boa quantia de calorias do meu corpo. E isso era um bom sinal.

Minha avó tinha o costume de dizer: "Comer e coçar é só começar. Isso vale tanto para as coisas boas quanto para as coisas ruins".

Ela tinha razão. Só precisei provocar o vômito uma vez para transformar isso em uma prática diária. Uma xícara de café pela manhã não me satisfazia e causaria suspeitas. Meus pais eram muito cuidadosos. Então, eu comia o máximo que podia no café da manhã e, quando chegava na escola, colocava tudo para fora em questão de minutos.

Na hora do almoço, bebia uma garrafa de água enquanto assistia às meninas comerem.

Toda vez que sentia fome, bebia água. Às vezes, não conseguia manter a dieta e pegava alguma fruta ou comprava algum salgado na cantina. Claro, depois colocava tudo aquilo para fora.

Para evitar confusão, disse aos meus pais que não precisava mais fazer terapia e que me sentia muito melhor. Eles perguntaram se eu estava tomando os remédios. Menti, confirmando, e eles acreditaram.

Foi fácil e triste mentir para eles, mas estava convicta de que, quando me vissem naquele vestido ao lado das minhas novas amigas, sentiriam orgulho de mim.

Olhar para o calendário e perceber que os dias se passavam, mas minha barriga não diminuía era desesperador. Faltavam duas semanas para a festa de aniversário da cidade, e eu não conseguia entrar naquele vestido. Minha garganta ardia mais a cada dia, meus dentes começaram a ficar estranhamente amarelos e meu estômago doía um pouco. Mas não era hora para reclamar de fome e de dentes amarelos!

Preciso apelar para algo mais eficiente. Vou ficar sem comer até o dia da festa. Lá comerei o máximo possível e, depois, colocarei tudo para fora. É o plano perfeito.

Com a desculpa de tomar café da manhã na escola, meus pais me deixaram sair sem maiores questionamentos. A parte boa de ficar sem comer era que não precisava vomitar. A parte ruim era que comecei a sentir fome. E a fome era a minha maior inimiga.

Não resisti, comprei três salgados na cantina e três latinhas de refrigerante e os devorei na hora do intervalo enquanto escutava Andrea e Lua conversando sobre sua antiga amiga. Elas achavam que eu estava concentrada demais na comida para perceber, mas meus ouvidos estavam bem atentos.

— Conseguiu falar com a Bê? Está rolando um boato forte de que os pais a trancaram dentro de casa para cobrir a vergonha deles ou algo do tipo — perguntou Lua, com o tom de voz baixo e tristonho.

— Não consegui. Minha mãe fica o tempo inteiro me vigiando. Não quer que eu mantenha contato com a Bê de jeito nenhum. Ela já não gostava da Betina, porque vivia me incentivando a não fazer faculdade, agora com essa história do vídeo...

Vídeo? De que vídeo elas estão falando?

— Ainda vou esganar o Michael! Só queria que ele fosse preso por isso. Expor uma coisa dessas é crime.

— Pega leve, Luara. Por mais que eu sinta raiva do Michael, é impossível as pessoas verem a Betina como a vítima da história. Ela está sendo tachada de *vadia* pela escola inteira e, se tentarmos defendê-la, também vão nos chamar assim. — Andrea suspirou e roeu a unha do dedo indicador. — Não sei por quanto tempo vou aguentar ficar sem falar com ela... Sei que são apenas boatos, mas e se ela tiver se matado mesmo?

— Eu sei, eu sei... — Lua abraçou a amiga. — Sinto que estamos traindo a Betina de alguma forma. Me sinto uma vadia egoísta.

— Não é egoísmo tentar preservar a própria imagem! Eu acho...

— É egoísmo abandonar a nossa melhor amiga em uma situação dessas. Mas entendo o que quer dizer. Tomar uma atitude requer coragem, e ser corajoso é mais fácil quando você tem superpoderes ou muito dinheiro.

— Ou quando a maré está a seu favor — acrescentou a outra, ainda cabisbaixa.

Antes de terminar a segunda latinha de refrigerante, comecei a me sentir mal. Estraguei toda a dieta. Estraguei tudo!

— Sá? — Lua virou o rosto para mim. Ela abaixou o olhar e viu a quantidade de comida que estava no meu colo. — Sabrina, o que você fez?

— Estraguei tudo — balbuciei. — Não vou ficar bonita. Não vou conseguir entrar no vestido. Não vou conseguir...

Lua colocou a mão sobre a minha e me observou com um olhar preocupado. Os olhos dela pareciam anêmicos e seus dentes estavam tão amarelos quanto os meus.

— Acho que ainda dá tempo. Faz pouco tempo que você comeu.

Levantei-me e corri para o banheiro. Precisava desfazer aquela besteira e vomitar antes do estômago começar a digestão. Precisava entrar naquele vestido.

Entrei no banheiro, mas nenhuma cabine estava disponível, o que só fez a minha respiração acelerar. Ia colocar tudo aquilo para fora e rápido!

Empurrei uma garota que estava escovando os dentes para longe de uma das pias, enfiei os dedos na garganta e comecei a expurgar tudo o que tinha comido. Fiquei ali por minutos a fio, tentando eliminar cada fragmento de caloria de dentro do meu corpo. Aquele tinha sido meu tempo recorde de expurgo. Isso devia significar que finalmente conseguiria ficar magra, não é?

Quando parei de vomitar, senti minhas pernas ficarem bambas, minhas mãos tremiam e minha visão ficou turva de repente. Ouvi vozes conhecidas ao longe, me chamando. *Acho que elas estão me elogiando. Finalmente estou magra, bonita.*

Fiquei zonza por alguns minutos, minha cabeça começou a doer e meus ouvidos zuniam sem parar. As luzes se apagaram e senti a gravidade puxar meu corpo cada vez mais para baixo.

Mergulhei em um oceano de memórias adormecidas, memórias alegres e tão recentes, mas ao mesmo tempo tão longínquos. Quem diria que o dia em que conheci meus melhores amigos ainda estivesse marcado na minha psiquê. Me lembro de cada espessura, cada cheiro, cada som e sensação.

Era o meu primeiro dia de aula em Santa Cecília e tinha acabado de chegar na cidade. Na época, meu pai estava com suspeita de câncer no estômago, ele não tinha se tratado ainda por causa dos altos gastos que sofremos com a mudança do Rio Grande do Sul até Andalina, no interior de São Paulo. Eu tinha completado doze anos no dia anterior e não havia ganhado presentes, porque precisávamos diminuir gastos.

Nunca tinha me importado com a solidão, ao menos achava que não, então não me importava em tentar fazer amigos. Todos me achavam estranha por alguma razão. Hoje, vejo que o problema não era eu, nem meus pais, e sim o puro preconceito.

Hora do intervalo. Estava sentada entre as estantes da biblioteca da escola, tentando não levar uma bronca da bibliotecária por comer uma maçã dentro de um estabelecimento em que era proibido o consumo de alimentos. Uma garota de cabelos curtos e repicados apareceu aos prantos e se sentou entre as estantes que estavam à minha frente. Atrás dela estava um garoto bem parecido com ela — ele tinha cabelos loiros, lábios leporinos e mancava da perna direita — que aparentava estar preocupado.

O rosto da garota estava com um hematoma enorme.

— Você quer que eu pegue alguma coisa? Gelo, talvez?

A menina negou com a cabeça.

— Maçã? Quer maçã? Estão dando hoje, e você adora...

Negou novamente.

— Então o que você quer, Delphie?

Ela enxugou as lágrimas com as costas das mãos.

— Quero que você me deixe sentir dor em paz. Ganhei esse olho roxo, porque te defendi e não me arrependo, entendeu? Eles podiam ter quebrado a sua perna. Só não fizeram, porque eu arrebentei a cara deles!

— Já disse que você é maluquinha da cabeça? — Ele se sentou ao lado dela e murmurou: — Juro, queria ter sido mais discreto, mas o Antônio me surpreendeu com aquela caixa de bombons e...

A garota o interrompeu aos tapas.

— Para com isso, Natan! Você não é o culpado. Nem você e nem o Antônio. — Ela respirou fundo e abriu um sorriso travesso, tentando mudar o rumo do assunto. — Mas fala aí, eu arrasei com a cara daqueles imbecis, não foi? Acho que vou apostar na carreira de lutadora de MMA.

Não resisti e, enquanto ria daquele diálogo, estendi a maçã mordida para a garota.

— Por que você está me dando uma maçã babada?

Dei de ombros.

— Vitoriosos merecem troféus.

— Você chama isso de troféu? — Ela arqueou a pequena sobrancelha esquerda, com um pouco de dificuldade por causa da dor.

O garoto a cutucou no ombro.

— Não seja mal-educada, Delphine.

Ela bufou e pegou a maçã.

— Valeu.

— Não repara, ela é assim mesmo. — O menino estendeu a mão para mim. — Prazer, o meu nome é Natan, e essa ogra aqui é a minha irmã, Delphine.

Relutei por alguns segundos e depois o cumprimentei, tocando levemente em sua mão.

— Sabrina.

Sabrina.

Sabrina?

Sa...

— ... brina? Está me ouvindo? — A voz aguardou uma resposta. — Se estiver me ouvindo, por favor, aperte a minha mão.

Apertei, com um pouco de dificuldade, a mão da pessoa. Lentamente abri os olhos e dei de cara com uma luz branca muito forte. Quando tentei tapar os olhos com as mãos, percebi que no meu braço esquerdo estava instalada uma agulha, que levava soro para as minhas veias. Estava internada em um hospital, e meus pais estavam chorando sobre a minha perna.

Do outro lado da cama, um homem baixinho, de jaleco branco e pele escura, anotava algo numa prancheta. Depois, ele colocou uma lanterninha no meu rosto, verificou as pontas dos meus dedos e, por fim, pediu para eu abrir a boca e verificou minha garganta.

Meu pai ficou me olhando com seus olhos cheios de lágrimas.

Ele deve estar tão...

— ... aliviado por você estar bem, minha pequena.

— Por favor, senhores, peço que a deixem descansar um pouco. Daqui a uma hora podem voltar para visitá-la.

Meus pais obedeceram e fiquei lá deitada, como um bêbado que lembra com detalhes as besteiras que fez no dia anterior.

Havia mais três leitos ao lado do meu, porém a impressão era a de ainda estar no fundo daquele oceano de devaneios. O meu corpo estava fraco e tremia como se meu organismo lutasse para me manter aquecida e viva.

Será que eles descobriram que não tomei os remédios? Ri da minha própria pergunta. *Sua idiota, é claro que descobriram. Eles devem ter descoberto tudo. Torça para não ser deserdada! Primeiro, os ataques de ansiedade, agora, isso. Você só dá trabalho, garota.*

Pude sentir lágrimas mornas descerem pelas minhas bochechas até o meu pescoço.

Só queria entrar naquele vestido.

Uma hora depois, meus pais entraram. Nos abraçamos e choramos muito.

— Então, vocês não vão me deserdar? — perguntei, após secar as lágrimas.

A pergunta era idiota, eu sei. Mas realmente temia que ficassem chateados ao ponto de, sei lá, me jogar em algum reformatório.

Eles riram juntos.

— É claro que não. Jamais diga algo assim. Nós te amamos demais, Sabrina. — Meu pai beijou o topo da minha cabeça. — E além do mais, entendo o que é fazer de tudo para tentar se encaixar. — O olhar dele ficou melancólico ao fazer alguma referência ao seu passado. — Já ouviu falar do padrão buraco da agulha?

Neguei com a cabeça.

— É aquele patamar de beleza que as pessoas vendem e espalham como se fosse algo atingível, mas não é. Nem mesmo as pessoas que vendem essa ideia conseguem reproduzi-la, e muitas dessas pessoas pagam um preço muito caro só para tentar se encaixar no buraquinho da agulha.

Quis chorar novamente, mas consegui me conter. Lá estavam os meus pais, mais uma vez, mostrando que eu jamais passaria pelas dificuldades sozinha.

— Amanhã, quando o médico te der alta, a senhorita vai para a terapia, está me ouvindo? Depois, vamos dar um jeito de você fazer um acompanhamento com uma nutricionista para voltar a comer direito. Estamos entendidos, mocinha?

Agarrei os pescoços dos dois e os puxei para um abraço.

— Eu amo vocês.

— Nós também te amamos, querida. — Algo vibrou no bolso do casaco dele. — Quase esqueci, suas amigas estão mandando mensagens para você. Estão muito preocupadas.

Ele me entregou o meu celular e beijou a minha testa.

— Até amanhã.

Guardei o celular debaixo do travesseiro e fui dormir. Não estava disposta para falar sobre o ocorrido.

No dia seguinte, duas enfermeiras me acordaram com um café da manhã reforçado: vitamina de abacate, torrada com manteiga e um cacho de uvas verdes.

Elas ficaram me observando comer por um bom tempo. Uma enfermeira saiu e levou a bandeja, enquanto a outra ficou parada na frente da porta do banheiro.

Peguei meu celular e abri minhas mensagens de ontem.

SAH?

PELO AMOR DE DEUS, RESPONDE :(

Tomei coragem e respondi:

Oi, meninas. Está tudo bem, juro.

Lua: *Ficamos preocupadas com você.*

Andrea: *Seu pai pediu para contarmos tudo o que aconteceu. Então... olha, sei que a gente fez besteira. Ultimamente estamos fazendo muita besteira com quem a gente se importa e...*

Lua: *Acho que ela já entendeu, Andrea :/*

Luara tinha mandado uma mensagem privada ontem, quase meia-noite. Era um vídeo. Abaixo do arquivo, uma mensagem de texto.

Foi isso o que aconteceu com a Betina. Esse vídeo foi postado pelo ex-namorado dela, o Michael. Praticamente a escola inteira já viu essa coisa, por isso me assustei quando você disse não saber de nada.

Ela costumava andar com a gente. Era uma garota super divertida e tenho certeza de que vocês iam se dar muito bem. Ela incentivava a Andrea a não fazer faculdade, porque a Andrea nunca quis, mas é pressionada pelos pais para isso, ser sempre a melhor da classe etc. Enfim, a gente se arrepende muito de não ter defendido a Betina na hora. Por causa disso, possivelmente, perdemos uma amiga. E falhamos com você também quando ficamos incentivando aquelas dietas. Pedimos mil desculpas. Felizmente, você está viva. Só não sei se podemos dizer o mesmo sobre a Betina. :/

Dei *play* no vídeo e me arrependi na hora. Era um vídeo totalmente íntimo de uma garota que confiava muito no seu namorado e acabou pagando caro por isso. Olhando para o rosto da garota no vídeo, senti um ar família. Já a vi antes, em Santa Cecília.

Foi em um dia que fiquei assistindo ao Natan jogar bola na hora do intervalo. Betina estava sozinha na arquibancada a poucos metros de mim. Ela tinha um olhar sereno naquele dia, quase reflexivo, como se precisasse estar sozinha para reconhecer seus próprios pensamentos. Quando percebeu que eu a encarava, sorriu e acenou para mim. Acenei de volta.

Eu: *Sinto muito por ela e por vocês. Isso é... horrível. Queria muito ajudar de alguma forma.*

Lua me respondeu de imediato:

Ei, se liga só nesse site: http://www.asgarotasdesantacecilia.com.br/

Eu: *O que é isso?*

Lua: *Nossa chance de ajudar a Betina.*

Entrei no site. Ele tinha o logo escrito "As ~~vadias~~ garotas de Santa Cecília", e um único vídeo, de uma garota chamada Samanta. Em resumo, era um tipo de resposta ao vídeo do Michael, um protesto, praticamente convidando várias garotas a fazerem o mesmo e compartilharem suas histórias. Digitei novamente na conversa com a Lua:

Você está pensando em fazer um vídeo, não é?

Lua: *Não só eu, mas a Andrea também. Vamos gravar hoje e postar depois de amanhã. Bora?*

Eu: *Mas o que eu deveria falar? Isso não é só pra meninas que sofreram algum tipo de abuso?*

Lua: *Olha, teoricamente, eu e a Andrea abusamos da sua boa vontade em ser nossa amiga. Se quiser falar sobre, não tem problema. Vamos entender completamente. Mas, por favor, faça um vídeo. Não deixe outras Betinas acreditarem que estão sozinhas.*

"Não deixe outras Betinas acreditem que estão sozinhas", essa frase ficou martelando na minha frente por um bom tempo enquanto eu assistia ao vídeo da Samanta. Em paralelo, a fala de meu pai, ontem, também cutucava a minha mente: "Nem mesmo as pessoas que vendem essa ideia conseguem reproduzi-la, e muitas dessas pessoas pagam um preço muito caro só para tentar se encaixar no buraquinho da agulha".

Coloquei meu celular na câmera de *selfie* e comecei a gravar um vídeo:

— Oi! Não sei bem como se faz essas coisas, mas prometi que me manifestarei a respeito, então, vamos lá. Meu nome é Sabrina Martins Prado, tenho dezessete anos e sou aluna da escola Santa Cecília. Vocês devem estar estranhando essa coisa aqui no meu braço — Mostro a agulha no meu braço. — Ela é a razão de eu fazer esse vídeo. Estou internada em um hospital porque fui vítima do padrão buraco da agulha. Para quem não sabe, esse é o nome dado ao patamar de beleza imposto para podermos nos considerar razoavelmente bonitos. E, adivinhem só, nem mesmo aqueles que criaram esse patamar conseguiram atingi-lo.

Pausei por um momento, pensando em como prosseguir.

— A maioria das pessoas que tenta tem a *sorte* de acabar como eu: em uma cama de hospital, mas *viva*. Mas tenho certeza de que muitos não conseguiram sobreviver a isso. Vim parar aqui por causa de um vestido, porque me achava gorda demais para entrar nele. Não bonita o bastante. — Pude sentir meus olhos marejarem e não parei de falar. — Fiz esse vídeo não só pela Betina, mas por todas as pessoas, inclusive todas as garotas que, assim como eu, colocam para fora toda a comida consumida no dia a dia, acreditando que isso vai te deixar mais bonita, mais saudável.

Puxei o fôlego com toda a coragem necessária para finalizar o vídeo.

— Meninas, vocês não estão sozinhas. Entendam que, ao colocar a comida para fora, estão deixando um pedaço de vocês também. Não se despedacem para entrar em um molde. Vocês são lindas, independente do formato do corpo. Certo? E sobre o Michael, espero, profundamente, que pague por suas ações. Culpem o criminoso, não a vítima.

Anexei o vídeo e digitei a mensagem:

Lua, você poderia enviar esse vídeo aqui também?

Laura

Por Marina Stefano

Sentia o sal por todo o meu rosto, a água balançava-me como um barquinho de papel. Olhei para meus pés submersos, vislumbrando a escuridão e a espuma. Buscava qualquer sinal no horizonte, mas o que me cercava não passava de mar tormentoso. As ondas se formavam sobre minha cabeça, imensas, monstruosas, porém, apesar de sentir o toque gelado e meu corpo afundar, não me afogava. Senti pavor, descontrole, e me debati na tentativa de nadar. Quanto mais meus punhos lutavam contra a água, mais eu ficava submersa na turbulência. Meus olhos foram cobertos pela espuma salgada. Não sentia meus pulmões arderem ou falta de ar, era como se já tivesse deixado de respirar há muito tempo. Olhei para cima, a fim de agarrar o céu nublado, porém as nuvens cinzentas e a incerteza da superfície foram engolidas pela água escura que me arrastava em direção ao desconhecido do abismo.

A música irritante e familiar me fez abrir os olhos. Passei a mão pelos cabelos molhados de suor. Demorei para voltar à realidade, ainda vendo meio de relance o levantar de ondas gigantes. O coração esmurrava meu peito e um gosto amargo dominou minha boca. Minha cabeça latejava em protesto, mais uma noite mal dormida. Tive vontade de arremessar o celular que me despertou contra a parede, mergulhei no travesseiro e, como de costume, fui checar as mensagens antes de me levantar. Lucas já estava em destaque dentre as outras conversas, mandei uma costumeira mensagem de "bom dia, meu amor". Levantei-me em busca do interruptor.

Estava um dia horrível lá fora. O vento gelado me desanimava ainda mais a sair de casa, provavelmente, cairia um toró em breve. Agarrei o guarda-chuva no fundo do armário, e o saquinho preto, esquecido entre as roupas, foi arremessado no chão. Demorei a lembrar sobre o que se tratava, mas senti a esfera entre meus dedos quando o agarrei, e uma voz suave e familiar pareceu sussurrar na memória: "Olho de boi com arruda para dar sorte e espantar quem te deseja mal, fia". Meu coração ficou apertado. Continuei a brincar por um tempo com a esfera dentro do saquinho. Respirei fundo e coloquei-a no bolso da calça de moletom. Ninguém iria perceber.

Mamãe já tinha saído para trabalhar. Quase nunca a via de manhã e, para falar a verdade, ela quase sempre estava indisposta para conversar quando chegava à noite. Sentia falta dela, tanto que às vezes tinha vontade de gritar e chorar meus pensamentos assim que ela passasse pela porta de casa, mas os engoli, pois ela já fazia demais por nós duas. Eu precisava ser mais forte.

Comecei a roer as unhas e logo lembrei que Lucas odiava esse hábito. Parei. Apressei o passo pela calçada ladrilhada. Ele já devia estar me esperando para caminharmos juntos até o colégio. Mandei mais uma mensagem para ele e notei que meu *bom dia* fora visualizado, porém não respondido. Imediatamente, o peito ardeu. Respirei fundo e comecei a rolar pelas demais conversas.

Minhas primas perguntaram de mim há alguns dias, mas me esqueci totalmente de respondê-las. Estavam me chamando para tomar sorvete, me ligaram algumas vezes, porém não tive ânimo para atender, pois falar com elas me deixava angustiada e me fazia sentir algo errado, apesar de amá-las e ficar com muitas saudades. Elas eram uma parte de mim que eu não queria encarar e, no entanto, me faziam tanta falta. Era conflitante.

Cheguei ao portão de ferro e aguardei na calçada. Bufei. Ele já deveria estar esperando. Eu tinha que apresentar um trabalho na primeira aula e ele sabia muito bem disso. Sentei-me no chão e me pus a responder o restante das mensagens. Notei uma notificação no Instagram. Estranho, quase não usava o aplicativo. Fui verificar e um pingo gelado caiu sobre a tela. Um raio cortou o céu, fechei os olhos e apertei o saquinho preto no bolso. Senti algo fazer sombra sobre mim e olhei para cima: Lucas segurava um guarda-chuva. Sorria seu sorriso de dentes perfeitos, os cabelos loiros já molhados pelos pingos d'água que caiam cada vez mais grossos.

— Oi, amor. Bom dia — ele disse, entrando embaixo da cobertura que nos protegia.

— Bom dia. Vamos rápido, porque estou com um pouco de pressa, tenho trabalho para apresentar daqui a quinze minutos.

— Ah, não vou ficar correndo, não, Laura. Já basta precisar ir andando nessa chuva.

— Então, bem que podíamos pegar o carro, não é? Pelo menos hoje que está chovendo.

— Não vou ficar gastando gasolina com isso. — Percebi que ele revirou os olhos, e senti minhas bochechas esquentarem.

— Não tem problema, amor, podíamos rachar...

— Laura, você não estava com pressa? Então, vamos logo. Chegar de carro chama muita atenção desnecessária.

— Ok. Desculpa. — Senti a palavra sair, mas não entendi bem o porquê.

Ele ficou em silêncio. No caminho todo, uma inquietação estranha tomou conta do meu ritmo cardíaco, um frio na barriga nada positivo de repente me invadiu. Eu o deixei bravo? Lucas era muito irritadiço e, com o passar dos meses em que estávamos juntos, aquilo só vinha piorando. Resolvi não dizer uma palavra, ele devia ter seus motivos e eu não deveria ter insistido na questão do carro.

Lucas estudou comigo desde o fundamental no Santa Cecília. Lembro-me ainda de quando ele era um moleque insuportável, assim como todos os outros meninos da minha classe. Lembro que participou das brincadeiras idiotas feitas comigo, a grande maioria delas, pelo menos. Nos aproximamos no ensino médio. Ele estava bastante mudado e, algum tempo depois de conversarmos, pediu desculpas pelos erros cometidos. Aceitei e lembro até hoje de Giovana sorrindo: "É o sonho de todo mundo". No entanto nunca achei que o *sonho* fosse querer namorar comigo. Levei por muito tempo a amizade, até nos beijarmos pela primeira vez, neste ano.

— Amor, vou me encontrar com os meninos hoje depois da aula. Tudo bem você voltar sozinha? — Lucas subitamente me abraçou.

— Lógico, não tem problema nenhum.

Ele me contou, no restante do caminho, a respeito de suas partidas de futebol e comentou como eu ficaria bem se pintasse o cabelo de loiro. Falou como os amigos tinham queimado a carne no churrasco de domingo e que eu certamente riria muito se estivesse lá. Talvez, na próxima, seria legal se ele me convidasse. Já fazia mais de seis meses de namoro e nem sequer havia entrado na casa dele, quiçá conversado com seus amigos. Entretanto não ia cobrar nada, não queria pressioná-lo. No fundo, temia que ele me achasse louca, bruxa ou algo do tipo. Não queria que os apelidos do fundamental me descrevessem de verdade.

Nos despedimos ao entrar no prédio de Santa Cecília. A entrada para o pátio aberto parecia minúscula com a quantidade de alunos se aglomerando e espremendo-se para passar. Assim que Lucas sumiu de vista, corri até as escadarias.

Voltei a jogar meu corpo na carteira, aliviada por finalmente ter terminado a provação do trabalho. Tentei ignorar o grupo de meninas que me encaravam e soltavam risinhos de deboche, enquanto eu lia os slides caprichados sobre a teoria positivista de Comte.

Giovana me cutucou, seus cabelos curtos e cacheados tinham um perfume gostoso de camomila. Sorri para ela.

— Escuta, vamos almoçar juntas hoje? — me convidou.

— Hoje não dá, Gi. Preciso ajudar minha mãe em casa — menti.

— Está me deixando de lado! — Ela fez um beicinho e fingiu estar brava.

— Jamais! Você é a minha única amiga aqui. Agora, fica quieta antes que a professora se irrite.

— A única e melhor. — Ela deu risada. Alguém jogou uma bolinha de papel em sua carteira. Ela virou-se para o grupinho do fundo da sala, mostrou a língua e o dedo médio. Voltou-se para mim novamente. — Deveria conversar mais com o pessoal. Eles são legais.

— Não são muito legais comigo, não é? — Dei de ombros.

— Porque você é muito quieta. Precisa se soltar mais.

Suspirei, me sentindo um pouco mal com o rumo da conversa. É estranho hostilizar alguém só por ser introvertida. Giovana pareceu perceber a mudança na minha expressão.

— Faz o seguinte: hoje vamos almoçar todos juntos e, de quebra, envolvemos o Lucas e o pessoal da outra sala também, beleza? Não dá para terminar o terceiro ano sem se enturmar, Laura! Daí, podemos ir todos juntos para a festa de aniversário da cidade. Os meninos sempre levam umas cervejas para a gente beber.

— Já falei que hoje...

Um *psiu* ecoou pela sala. A professora de Sociologia nos encarava com o dedo entre os lábios, em riste. Entendemos o recado e nos calamos por um tempo. Alguns minutos depois, Giovana voltou a me cutucar.

— Vai ser legal! Imagina o Lucas te pagando um algodão-doce na festa? Bem coisa de casal de filme americano. — Dei risada, enquanto ela desenhava um coração em meu caderno. — Falando nele, como vai o namoro? Mal vejo vocês juntos...

Mordi o lábio e apertei os dedos. Contei a Giovana, há algumas semanas, que estava namorando o Lucas. Contei também sobre as condições com as quais concordei ao namorá-lo. Ele me fez jurar que, até estar pronto para assumir um novo relacionamento, eu não o assumiria para ninguém, não contaria sobre nosso namoro e nem ficaria muito perto dele em público. Achei estranho no início, afinal, qual seria a graça de um relacionamento escondido? Porém ele me explicou que a ex-namorada, uma das garotas do grupo de jovens promovido pela igreja que frequentava, traiu-o com os amigos. Além disso, ele foi sincero e admitiu precisar de tempo para as pessoas ao seu redor se acostumarem comigo. Eu não era bem o tipo de menina com quem esperavam que ele ficasse.

Lucas implorou, afirmou me amar e saber que eu o compreenderia. Para ser honesta, nunca o compreendi de verdade. Ele teve experiências ruins com a ex-namorada, mas se passou tanto tempo. Eu já devia ter me provado digna de sua confiança.

Contudo me obriguei a entendê-lo, precisava ter mais empatia por ele. Afinal, Lucas se abriu comigo, contou a verdade. Ele queria namorar comigo, só era inseguro. No final, fiz esforço para aceitá-lo, e assim foi sendo desde então.

Nas últimas semanas, no entanto, achei que não faria mal contar à minha melhor amiga sobre nosso namoro secreto. Confiava na Gi, e Lucas também nunca saberia que confidenciei a ela o nosso segredo.

— Giovana, ele ainda está se acostumando com a situação. Não tá pronto para, você sabe, assumir em público.

— Sei, mas você ainda não foi na casa dele? E ele nem te apresentou para os amigos da sala dele?

— Não, Gi. Já falei que ele tem o tempo dele, ué.

— Você é muito paciente, Laura. Eu já estaria começando a cobrar, hein. Ele ainda não mudou nem o status.

— Ah, mas ele é muito bonzinho. Só sofreu muito no último namoro, por isso está enrolando assim.

— Laura, você é uma namorada incrível, mas fica esperta! O Lucas é gente boa, mas eu o conheci antes de vocês ficarem próximos e posso te dizer: ele é meio...

— Ai, Gi, a gente está bem, ok? Gosto dele e ele gosta de mim. Quando estiver pronto, ele me apresenta para os amigos.

— Ok, mas só estou dizendo: abre o olho.

Aquilo me embrulhou o estômago, mordi o lábio. Era estranho realmente que ele não tivesse me apresentado aos amigos ou à mãe, não me levado para casa e, de repente, costumava ficar meio explosivo. Talvez fosse incomum me sentir um pouco ansiosa, com medo de falar a coisa errada a todo minuto. Não parei de pensar nisso. Na verdade, desde a semana passada, vinha me perguntando o porquê de estar me sentindo tão mal, como se algo estivesse muito errado, como se nosso namoro, ou a transa que tivemos há alguns dias, não fosse real ou não fosse certo. Era um sentimento que me sugava, mas não podia brigar com Lucas por causa disso, por algo da minha imaginação e meros sentimentos. Era meu primeiro relacionamento e, provavelmente, eu só estava insegura. Nossas conversas eram ótimas enquanto amigos e aquilo podia ser só uma fase mesmo. Afinal, ele era o sonho de todo mundo.

— Você está sabendo sobre a Betina?

— O quê?

Giovana saltou na minha frente na hora do intervalo, segurando um enrolado de salsicha. As unhas pintadas de azul sujas pelo ketchup.

— Ela foi a mais nova vítima do Instagram dos meninos — me contou, arqueando as sobrancelhas.

— Aquela merda de conta outra vez?

Abri o perfil e encarei uma curtida que Lucas deu em minha última foto. O coração disparou e deixei escapar um sorrisinho.

— Eles são babacas, mas, sei lá... Se você não quer ter uma foto vazada, é só não mandar.

— Não é simples assim, Gi. Todo mundo tem o direito de fazer o que quiser na privacidade. O idiota é quem trai a confiança.

— Pode até ser, mas menino é menino, não é? Vai esperar o que deles?

— O que a Betina tem a ver com isso? — perguntei, já impaciente.

— Faz só alguns dias, ela teve um vídeo vazado. — Giovana deu uma mordida no pão. — Você está sempre por fora das coisas.

— O namorado vazou? É inacreditável como esses moleques conseguem ser assim. — Dei um gole no suco. — Como ela está?

— Ninguém mais a viu por aí. Desde que o vídeo vazou, ela não apareceu mais.

Tenho muitas lembranças de Betina, poucas significativas, mas algumas muito marcantes. Me lembro com detalhes do dia em que estava voltando de minhas obrigações no terreiro, quando ainda frequentava. Voltava a pé, sozinha, durante a noite, com a roupa branca na mochila, junto com minhas guias. Era uma região escura do bairro, de chão batido de terra e terrenos vazios de grama alta. A lua estava bem no topo do céu. Me recordo da ansiedade em pensar que ali perto havia um bar sempre cheio e que, em breve, teria que passar por ele para chegar em casa. Agarrei o tecido do short e abaixei o máximo possível de seu comprimento quando visualizei as luzes familiares do estabelecimento e ouvi o grito e as risadas de seus frequentadores. Avistei de longe uma figura que vinha em minha direção. Logo reconheci Betina, de legging preta, top e tênis esportivo, caminhando em um ritmo acelerado, os cabelos presos em um rabo alto de cavalo. "Marmanjos nojentos", sussurrei entredentes quando os assobios e piadinhas repulsivas começaram a surgir em reação à figura dela que, em resposta, não virou nem o rosto em direção aos homens.

Notei que um dos bêbados se levantou, um sujeito alto e magro, que cambaleava por conta da bebida. Betina seguiu seu caminho do outro lado da rua, enquanto ele, de longe, escondendo-se nas sombras, a seguia devagar. Ela passou por mim sem me notar, provavelmente imersa em uma *playlist* qualquer do celular, os fones colados nos ouvidos. Senti o coração acelerar quando um pensamento quase premonitório preencheu minha cabeça ao observar Betina se afastar depressa de mim. Em um impulso repentino, corri atrás de sua silhueta, que já era engolida pela rua escura, e agarrei seu braço. Ela virou-se bruscamente e seus pés atrapalharam-se, quase a levando ao chão. Encarou-me com os olhos assustados e a boca semiaberta, preparando-se para soltar um grito. Por alguns instantes, esqueci-me do homem bêbado que cambaleava a poucos metros atrás de nós. Ela tirou os fones e me observou, claramente confusa.

— É melhor irmos juntas para casa.

Ela olhou por trás do meu ombro, talvez tendo a visão de quem a seguia, e assentiu, colocando-se ao meu lado e tomando o caminho pelo outro lado da rua.

— Obrigada — disse ela com um sorriso após alguns minutos de caminhada silenciosa até uma grande casa amarela, em um bairro nobre da cidade.

Senti uma conexão com ela naquela noite, embora não tivéssemos voltado a nos falar.

— Dizem que ela se matou — Giovana interrompeu a lembrança na qual eu estava imersa.

— Como pode dizer isso como se fosse algo normal? — Percebi que talvez tenha sido um pouco ríspida demais e logo tentei consertar: — Sei lá, é algo horrível, pode acontecer com qualquer uma de nós. Quero total distância de quem está por trás disso.

— Bom, você devia saber que o Lucas anda com o pessoal por trás desses vazamentos, não é?

— Ele pode até andar, mas não acho que esteja por trás disso. Digo, ele tem alguns problemas, mas duvido ser capaz de algo assim.

— Sei lá. Duvido que ele não participe da troca de nudes com os amigos.

— Credo. — Aquilo me deu arrepios. — Eu terminaria.

— É bom mesmo. Se fosse eu, já tinha checado o celular dele.

— Não quero ser doida. Preciso confiar. — Dei risada para tentar apaziguar a tensão que comecei a sentir.

Um peso no ombro colocou cada vez mais pensamentos conflitantes dentro de mim. Depois de ficar sabendo do vídeo vazado de Betina, passei a ter uma curiosidade obscura a respeito da conta no Instagram criada pelos meninos. Resolvi procurá-la e notei que era aberta a qualquer público. Consegui acessar o conteúdo exposto por eles e meu estômago se revirou.

Muitas meninas que eu já conheci ou encontrei nos corredores haviam tido suas fotos postadas. A palavra *vítimas* era inevitável de surgir em minha mente enquanto rolava o dedo pelas imagens íntimas. Subitamente, me veio um incômodo. Não deveria estar vendo as garotas daquela forma, não tinha permissão para acessar aquelas fotos. Fazia parte daquilo só pelo fato de ver a conta? Eu estava incentivando aqueles idiotas? Um aperto no coração me fez bloquear o usuário. O vídeo de Betina obviamente estava lá, em destaque, mas não tive coragem de abri-lo. Se o tivesse feito, teria participado de sua violação? Aquele pensamento me perturbou.

Respirei fundo. Giovana virou para mim, retocando o *gloss* dos lábios.

— Vamos, vai ser divertido. — Ela sorriu ao pegar minha mão.

— Não sei se é uma boa ideia. O Lucas não vai ficar confortável. Sinto que estou traindo a confiança dele.

— Laura, vocês estão juntos há seis meses! Já está mais do que na hora de ele te assumir em público. Caso não assuma, eu começaria a questionar se ele não te ama e só quer te usar.

Senti como se tivesse levado um soco na cara.

— Poxa, Gi. Nada a ver! — retruquei. — Ele só está traumatizado, porque o último relacionamento foi ruim, sabe? Não quero ser a ex-namorada louca também!

Giovana me encarou com as sobrancelhas erguidas, mordeu o lábio inferior, como quem cogita uma ideia e, por fim, me concedeu um olhar acalentador de compreensão.

— Amiga, você é uma ótima namorada e não é nem um pouco louca. Vamos fazer o seguinte: você vai comigo nesse almoço, vai chegar no Lucas e dar um beijinho nele, chama ele de amor na frente de todo mundo e com orgulho. Isso vai quebrar o gelo e vai ser um empurrão para o relacionamento de vocês.

— Não sei, Gi... Parece uma furada.

— Para com isso! Confia em mim. Quer uma prova de que ele te ama? É só observar a reação dele.

Minhas mãos suavam enquanto eu estalava o nó dos dedos. Com certeza era uma péssima ideia, e a chance de Lucas ficar chateado comigo era altíssima. Porém magoou demais, e ouso dizer ter ferido o ego, saber que Giovana duvidava do amor do Lucas por mim. Era por ele ser super popular e eu totalmente o oposto? Era por ele ser "o sonho"? Minhas bochechas queimavam de raiva. No entanto, bem no fundo do meu coração, uma pontada de dor deixava exposta minha incerteza. Um menino como Lucas estaria apenas me usando? Não podia acreditar nisso. Sim, era sorte alguém como eu, que não era bonita, nem loira de cabelos longos e sem corpo magrinho, conseguir namorar o garoto lindo do terceiro ano. Mas eu sentia a paixão que tínhamos, sabia ser real e precisava provar, não só para Gi, mas para todos como o nosso relacionamento era verdadeiro. Acenei positivamente com a cabeça, topando a proposta.

No fim da última aula, terminei de anotar as informações da lousa e guardei o material. Não me preocupei em avisar a minha mãe que não almoçaria em casa, sabia que ela não estaria lá. Contei os trocados do bolso e percebi minhas mãos suando.

Durante o caminho, conversamos sobre o vestibular, a opção de fazer cursinho, para pensar melhor no rumo que tomaríamos da vida, e se essa realmente era uma possibilidade. A conversa que, geralmente, me causava tanta ansiedade acabou me relaxando.

Do lado de fora do prédio, parecia que todos os habitantes de Andalina resolveram reunir seus carros numa mesma rua. O caos típico da saída do colégio me deixava sempre um pouco perdida. Segui Giovana e atravessamos algumas esquinas até um grupo grande de pessoas. Reconheci o pessoal do fundo da minha sala, as garotas que pareciam me odiar sem motivo nenhum e os meninos que ignoravam minha presença por completo. Lucas estava lá, cercado por um grupo de meninos, também familiar. Michael dava tapinhas em seu ombro. *Merda*, pensei, cravando as unhas na palma da mão. Não suporto nem a visão daquele idiota. Recordei-me dos apelidos e das brincadeiras estúpidas dele que aguentei durante anos, mas sabia que ele era amigo de Lucas. Respirei fundo. Iria apenas ignorá-lo e pronto.

Nos aproximamos. Giovana foi recebida com beijos na bochecha e risadas simpáticas, já eu, entrei o grupinho recebendo olhares curiosos e cumprimentos estridentes e estranhamente desconfortáveis, seguidos de sorrisos tortos e piscadelas. Senti como se minha presença ali fosse uma grande piada, porém engoli essa sensação e me forcei a acreditar ser apenas uma impressão, estava sendo paranoica demais. Estava feliz, pois pelo menos poderia almoçar com Lucas e Gi e, talvez, ser convidada para a próxima festa na casa do meu namorado. Toda a insegurança que havia sentido mais cedo a respeito de nosso relacionamento se esvaiu por uns instantes quando notei que, ao me ver ali com Giovana, ele sorriu e agiu normalmente. Fui cumprimentá-lo e o abracei.

— Oi, meninas! — Ele me soltou e ergueu Giovana no ar. — Você é tão pequenininha.

Senti minhas bochechas esquentarem e notei que Gi me encarou, confusa, porém relevei. Peguei em seu braço e fiz carinho em seu rosto, Lucas arqueou as sobrancelhas e pegou minha mão, afastando-a.

— Amor, espero que não se importe, a Gi me convidou para almoçar com vocês.

— Ok... O que eu tenho a ver com isso? — Lucas riu com deboche.

As garotas da minha sala, cochichando entre si, riam histericamente. Mordi o lábio e senti, mais uma vez, o coração disparar, perdendo o compasso. Falei baixinho:

— Ué, só espero que não ligue de eu aparecer assim...

— Amor? — Ouvi Michael cuspir a palavra como se fosse uma ofensa. Senti vontade de vomitar.

— Por acaso nunca viu uma namorada chamar o namorado de amor? — Giovana se pôs à minha frente.

— Namorada? — Ele empurrou Lucas, fazendo-o dar um passo para trás. — Cara, como você namora a *Maria Macumba* e não me contou?

As garotas ao meu redor torciam os lábios e arqueavam as sobrancelhas, os olhares desdenhosos e as palavras carregadas de repulsa, como se encarassem um inseto morto na calçada. Foi exatamente como me enxerguei no momento, uma coisa pequena, sem importância e, ao mesmo tempo, incômoda e asquerosa. Os amigos de Lucas gargalhavam ao redor repetindo: "Caiu no feitiço da macumbeira". Observei a feição dele mudar, a ira tomava conta de seus olhos, e, quando ele me fitou, pensei que não conseguiria segurar o choro.

— Não estou namorando ninguém, não. Eu, hein! — Ele se virou para mim. Minhas pernas tremiam. — Laura, só porque eu te como de vez em quando não significa que você virou a minha namorada. Não tem nada a ver! Nem posso namorar com gente como você. Minha mãe me mata.

Senti-me paralisada. Giovana gritava com Lucas algo que escapava a minha compreensão. As risadas eram ensurdecedoras e meus olhos ardiam para conter as lágrimas, que teimavam em surgir. Michael apontou o dedo para minha testa e gritou:

– Olha lá, hein! Ela vai fazer macumba para te atrair.

As garotas já desistiram de disfarçar minimamente a repulsa que sentiam por mim.

– Lucas – balbuciei, a voz falha. – O que você está dizendo?

– Ih, credo! Vai chorar agora? Você é muito emocionada. – Lucas me deu as costas.

– Se tiver nude da *Maria Macumba*, me manda pra gente colocar na página. – Ouvi Michael dizer para Lucas, como se eu não estivesse presente.

– Ninguém vai querer ver aquilo, acredite. – Lucas me olhou e fez uma careta.

A sensação que antes me travava e me impedia de respirar direito agora fazia o sangue correr enlouquecido pelas minhas veias. A unha fincada na carne não me fazia sentir qualquer dor, estava anestesiada, fora do próprio corpo. Era como se visse a cena de fora e, num impulso involuntário, corri.

Corri sem olhar para trás, sem ao menos escutar o que Gi dizia. Desvencilhei-me de seus dedos, que seguravam meus braços, e me afastei o máximo que pude. Corri sem rumo, sentindo o rosto arder e as lágrimas rolarem, finalmente livres.

As mensagens e ligações chegavam descontroladamente há duas semanas. Falei com Lucas algumas vezes, cedendo ao desejo de que tudo tinha sido apenas um mal-entendido idiota. Foi o que ele tentou me afirmar. Li e reli as mensagens vindas em forma de notificações barulhentas e contínuas:

Lucas: *Você estragou tudo. Agi daquela forma porque fui levado àquilo. Te disse que tinha dificuldade em demonstrar afeto em público. Tenho um trauma por causa da minha ex-namorada e você não respeitou.*

Por alguns segundos, acreditei. Por alguns segundos, que pareceram horas, senti-me a pior pessoa do mundo, como se tivesse merecido cada palavra e toda a humilhação, como se ele fosse bom demais para mim. Não o merecia, afinal, era a *louca macumbeira*. No entanto o tempo e Giovana fizeram esses segundos parecerem um delírio. Na mesma tarde, ela estava na minha casa, segurando minhas mãos, ordenando que eu bloqueasse o Lucas. Não pude obedecê-la, não consegui.

Maria Macumba...

Então eles mantiveram o apelido que me deram no início do fundamental. Meu estômago doía. Desde aquela situação, ao fechar os olhos, só conseguia vivenciar novamente aquele dia. Tudo fazia sentido. Todas aquelas frases ouvidas mais de uma vez se embaralhavam na minha cabeça: "Não gosto que deixe de me ver na sexta só por causa do terreiro de manhã", "Minha mãe talvez não aceite a sua família muito bem...", "É diferente, preciso ir no retiro do grupo de jovens da Maria Mãe de Deus, eu sou o coordenador. Não posso ir no seu aniversário". Senti-me culpada, burra. Como pude não perceber? Fui cega.

A raiva e a frustração aumentavam, enquanto eu segurava o teste na horizontal, bem como dizia a caixa, e aguardava o resultado no visor. Inconscientemente, batia os pés no azulejo do banheiro. Fazia alguns dias apenas que minha menstruação estava atrasada, provavelmente, não seria nada, tinha me preocupado à toa. Fechei os olhos com força, de repente perdendo a coragem de encarar o que, na minha cabeça, tinha certeza de que seria preocupação à toa. Espiei, o olho semiaberto. O primeiro risco veio logo, sem rodeios, enquanto o segundo manchou timidamente minha visão. Dei um berro e atirei o teste na parede, em uma crise de fúria, enquanto meu corpo escorregava até o chão.

Amaldiçoei o momento em que senti algo estranho escorrer pelas minhas pernas no dia de nosso último encontro. Estava de costas e, quando me levantei, um líquido estranho molhou minhas coxas. Encarei imediatamente Lucas, que, àquela altura, respondia a uma mensagem no celular.

— A camisinha estava apertando, amor. Desculpa não ter avisado antes, mas você toma pílula. Não tem problema, confia em mim.

E eu tomei. Ele me deu o dinheiro e fui sozinha à farmácia. Jurava que o atraso menstrual era culpa da bomba de hormônios tomada naquele dia. Enfiei os dedos entre os cabelos e me vi mergulhar em um choro compulsivo.

Pelo que teria que pedir desculpas dessa vez? Eu deveria saber que ele, contra a minha vontade e sem me avisar, arrancaria o preservativo para gozar dentro de mim? Era só a minha responsabilidade a nossa proteção? Deveria fiscalizá-lo como uma criança que não tinha controle sobre as próprias ações? Esmurrei a parede. O celular começou a tocar na bancada da pia. Queria ignorar, mas o toque persistiu uma, duas, três vezes.

Agarrei-o e percebi uma série de e-mails em minha caixa de entrada. "As ~~vadias~~ garotas de Santa Cecília" era o título do texto. Estranhei. O que aqueles garotos de merda tinham feito dessa vez? Em uma curiosidade repentina, cliquei no link disponível e, para minha surpresa, deparei-me com uma série de vídeos. Não eram do tipo que algum menino vazaria, eram de garotas falando, compartilhando, os mais diversos assuntos. Enxuguei os olhos com as costas das mãos e li o corpo do e-mail. Reconheci o nome de Samanta no site, já a tinha visto pelos corredores do Santa Cecília. Ela me fez um convite tentador: queria que as alunas expusessem os abusos sofridos nas mãos dos garotos, queria que nossa dor, nossas angústias, ficasse visível a todos. Peguei-me rindo, ri do nome dado à página, uma sátira ao Instagram repulsivo daqueles escrotos.

Aquilo despertou uma chama dentro de mim, um desejo ardente dentro do meu peito. Respirei fundo e tornei a observar a quantidade de rostos cobrindo a página. Encarei o rosto de Samanta, sua expressão serena congelada na tela. Apertei o play.

Senti as mãos de Bianca em minhas costas. Ela sorriu para mim quando a encarei. Minha prima, com os cabelos crespos trançados e um olhar preocupado, mas acolhedor, socorreu-me assim que liguei para ela. A culpa se instalou no meu peito. Ignorei-a por tanto tempo sem motivação alguma, apenas atendendo aos desejos de Lucas. Afastei todas elas e me afastei de mim mesma. No entanto lá estavam elas quando precisei, sem me julgar ou ofender. Da mesma forma, a força dentro de mim ressurgiu e me queimou por dentro. Posso ter me renegado, mas não me abandonei por completo.

Paradas em frente à grande casa de muros baixos, cercados por espadas de São Jorge e trepadeiras, ela apertou meu ombro.

— Por que quis vir aqui logo agora? — me perguntou, de sobrancelhas arqueadas. — Quer dizer, acho incrível que queira voltar e tudo mais, mas não precisa fazer isso, se não quiser.

— Preciso falar com a Mãe Vera, devo isso a ela. Eu a deixei de lado por pessoas que nem sequer valiam a pena.

— Não precisa dar satisfação nenhuma para ela, sabe? Digo, sei que ela te viu crescer, ajudou a te criar e tal, mas não precisa se sentir forçada a fazer nada. A gente é livre.

— O que estou fazendo, pela primeira vez em muito tempo, é por mim. — Segurei sua mão. — Tive vergonha daqui, Bianca. Tive vergonha de você, da mãe Vera, de tudo que me faz ser quem sou. Me fizeram sentir vergonha.

— Eu te compreendo.

Acenei com a cabeça, preparando-me para entrar pelos portões de ferro gasto. Bianca segurou meu pulso.

— Laura, eu... ainda acho melhor falarmos com a tia. Você sabe...

— Ela vai sentir raiva de mim — a interrompi. Meus olhos ficaram marejados e torci o tecido de minha camiseta.

— A culpa não é sua! Aquele merda é um sociopata! Ele tirou a camisinha sem você consentir. É estupro, sabia?

— Ela se esforça tanto por nós duas e eu caio no papo de um idiota qualquer.

— Laura, ninguém tem uma faixa na testa escrito *escroto*. Não tinha como você imaginar. Ele que se foda! Deve pagar pelo que fez, isso sim.

— O que eu vou fazer? — questionei mais para mim mesma do que para ela.

Minha prima soltou um longo suspiro. Mordeu os lábios e balançou negativamente a cabeça, como quem cogitava muito se valia a pena dizer algo já na ponta da língua.

— Escuta, prima, eu conheço quem pode te ajudar com esse... problema. — Arqueei as sobrancelhas em confusão e Bianca apenas ergueu a mão, me silenciando.

— Existe um grupo de mulheres que ajudam outras mulheres. Um grupo virtual, acessível. Elas se voluntariam para ajudar garotas necessitadas, como no seu caso. Dão acesso a medicamentos para quem está nos primeiros meses.

— E por que elas fariam isso? O que elas ganham com isso? Não tenho dinheiro para pagar clínica nenhuma e, provavelmente, não tenho também para pagar remédio.

— Elas não ganham nada com isso e fazem porque é uma merda meninas terem filhos que não querem de pais totalmente irresponsáveis e sem condição de criá-los.

Suspirei, o estômago revirado com aquela conversa.

— Eu vou morrer?

— Você não vai morrer! Não vai mesmo.

— Como podemos garantir? Esses métodos são seguros?

— Olha, prima, seguro mesmo seria se fosse algo legalizado, mas é o mais seguro que temos disponível. Você entra em contato através do site e elas te respondem. Simples assim. — Ela abaixou o tom de voz e continuou: — Lembra da Júlia? Aquela loirinha, a minha amiga? Ela fez por lá.

Senti meu coração triturar as costelas, mal conseguia engolir, parecia que minha garganta estava obstruída por uma bola e me impedia de respirar propriamente. A vontade de irromper em um choro nervoso mais uma vez só não era maior do que o medo corroendo minha razão. Em toda aquela confusão, havia apenas uma certeza: não estava pronta, não era hora, não havia como arcar com aquela situação, ainda mais sozinha. Lucas certamente renegaria a gravidez, por que eu seria obrigada a aceitá-la? Fiz esforço para deixar o ar entrar e preencher meus pulmões, endireitei os pensamentos e encontrei força no apoio de minha prima.

— Obrigada, Bianca, não tenho nem como te agradecer. — Agarrei-a em um abraço.

— Não tem o que agradecer. Saindo daí, vou te esperar. Vou te ajudar a entrar em contato com a ONG, mas você precisa falar para a tia, está bem? Ela tem que saber.

Assenti e recebi dela um beijo na bochecha. Juntei minhas forças e caminhei até a casa de Mãe Vera. Bati palmas e, em poucos minutos, lá estava ela. Um sorriso enorme no rosto, evidenciando suas linhas de expressão, os braços abertos e o vestido rosa esvoaçando no chão de terra batida. O xale de crochê pendia em seus ombros e os cabelos estavam presos por um turbante.

— Laurinha! — Ela se apressou a abrir o portão e me deu um abraço apertado. — Bem-vinda de novo. Você demorou, mas voltou.

O abraço era livre de ressentimentos, e aquilo foi um alívio indescritível. Fui tão acolhida pelos braços firmes de Mãe Vera que desabei. Agarrei-a de volta e os soluços escaparam involuntariamente. Suas mãos secaram minhas lágrimas e senti as guias, que quase sempre estavam em seu pescoço, na minha pele.

— Entra, vou fazer um chá. — Ela sorriu enquanto me guiava pelo quintal arborizado e florido, tão familiar.

Vi-me contando tudo a Mãe Vera, desde que me afastei dela e de minha família. Contei sobre as experiências na infância, das inúmeras vezes em que fui hostilizada só por comentar a respeito de minha fé. Falei até sobre os traumas carregados pelas apresentações escolares nas aulas de ensino religioso. Comentei sobre os apelidos que começaram no fundamental e de como a vergonha e a raiva contra quem sou se instauraram em mim. Contei sobre Lucas e o positivo no teste. Era como se um peso enorme, exigindo todas as forças do meu ser para ser carregado, simplesmente desaparecesse, enquanto aquela mulher, que me ajudou a crescer, apenas me ouvia com paciência.

— É difícil admitir que o mundo seja assim. — Mãe Vera servia mais chá em sua própria xícara. — Vão apontá-la como inferior pela sua crença, pela sua aparência ou pela sua natureza. Dizem isso porque querem te fazer acreditar nisso, não ser a dona de si, porque é assim que eles te controlam, sabe, menina? É assim que tiram vantagem em cima da gente. Eu e a tua mãe devíamos ter dito isso antes, mas é algo difícil de explicar. Eu passei, sua mãe passou e agora você passa, é uma herança viva desde os nossos ancestrais. Menosprezam quem somos e diminuem a gente para nos dominar.

— Fui burra.

— Ele foi desonesto, desleal e, o pior, te desrespeitou, desrespeitou teu corpo. Laura — chamou, apontando o indicador na direção da porta —, eles acham que podem fazer como querem com a gente, que dominam tudo, mas não podemos mais admitir isso, fia. Está na hora de começar a cobrar nossos direitos. Não pode se culpar pela falta de caráter que ele mostrou, não pode pedir perdão pelo comportamento dele. É ele quem deve responder pelas coisas que faz.

— Estou perdida.

— Você está se achando agora. Está entrando em equilíbrio consigo mesma. — Ela sorriu. — Já chega de vergonha, Laura. Chega de esconder. Independentemente do que você decida fazer, menina, tem uma família toda aqui por você, a sua família.

❋

Encarei o céu se abrindo para mim, observei lentamente as nuvens cinzentas se dissiparem e os primeiros raios de sol tocarem minhas bochechas. Ainda caía a chuva, mas com pingos fininhos e quentes acariciando a pele. Flutuava sem esforço nas águas salgadas que me envolviam como um manto esverdeado. As ondas gigantescas vinham carregadas de espuma, porém não me engoliam. Mergulhei por elas e passei pelas cortinas de sal, emergi novamente, me deparando com a calmaria das águas. Ao olhar para frente, não via mais o infinito horizonte escuro, mas um grande pedaço de areia, como uma ilha em meio ao nada, bem adiante. As ondas me impulsionavam em direção à margem e, a cada minuto, sentia meus pés tocarem o chão arenoso. Fiquei atenta. O ponto de luz se formando à minha frente, uma luz que tendia a ficar cada vez mais intensa enquanto me aproximava, tomava forma e parecia acolhedora. Chamava-me insistentemente, com uma voz doce: "Laura...".

Ainda sentia dor quando acordei, e era difícil me sentar. Estiquei o corpo para alcançar o celular e me surpreendi com mensagens enlouquecidas de Giovana. Ela me mandava um vídeo e, em letras garrafais, intitulou-o de: "Parece que os moleques se ferraram dessa vez". Dei *play* imediatamente e vi, através da tela, a polícia entrando na escola. A voz de Gi era audível ao fundo e suas unhas pintadas de azul às vezes cobriam a câmera. Os alunos se agrupavam distantes dos homens fardados que atravessavam o pátio. Fechei as mensagens e abri a barra de pesquisa, a fim de acessar o site de Samanta. Para a minha surpresa, lá estava a logo do site estampada não só no jornal local, mas nas redes famosas que passavam em canal nobre. Espantei-me e, ao passar pelos títulos autoexplicativos dos portais de notícia, encontrei o link correto.

Respirei fundo, uma, duas, três vezes. Entrei e saí mais de uma vez do espaço próprio para enviar vídeos. Em um impulso, endireitei-me na cama, levantei os joelhos e apoiei os braços neles. Com o celular voltado para o meu rosto, respirei fundo, pensando bem a respeito do que ia fazer. Durante os primeiros segundos, os pensamentos confusos me fizeram ficar em silêncio. Suspirei e encarei meu próprio rosto, transmitido pela tela.

— Sou Laura e estudo desde os nove anos no Santa Cecília, aqui em Andalina. Nesse tempo todo, desde que descobriram minha religião, tenho presenciado preconceitos, pequenos de início, brincadeiras de criança, apelidos imbecis, mas se tornaram grandes... Para falar a verdade, nunca foram insignificantes, minúsculos, mesmo na infância, pois me fizeram crer que estar na umbanda e ter uma família cujas raízes são formadas na religião de matriz africana era algo negativo e digno de vergonha. Me senti assim, tive vergonha. Vergonha de quem eu era e das pessoas que sempre estiveram aqui por mim. Tive experiências extremamente negativas em relação à minha própria identidade, em relação ao meu corpo, à minha aparência e crença. Assim, me vi vulnerável a abusos vindos de todas as partes...

Pausei o vídeo e respirei fundo. Notei meus braços tremendo, inquietos, e senti uma pontada de dor repentina. Esperei meu corpo se conter e continuei:

— Fui usada por pessoas que só queriam se aproveitar da minha confiança. Fui humilhada e ignorada. Não me defendi, porque achei que tinha certeza de estar recebendo exatamente o que merecia. — Ri alto. — Sabia que havia algo errado e, ainda assim, aguentei, pois cada problema no meu relacionamento, cada provocação sofrida, era culpa minha, exclusivamente minha, apenas por ser quem sou. Desde a minha natureza até as minhas crenças, eu era a culpada. E é assim que vocês querem me fazer sentir: culpada pelas condições miseráveis às quais me submeteram. Há dois dias, mais ou menos, eu me escolhi. Ao invés de sofrer sozinha as consequências de uma transa desprotegida sem meu consentimento, escolhi o melhor para mim e, pela primeira vez em muito tempo, não sinto mais receio do julgamento de vocês. Afinal, eu já tenho uma família, pessoas que me acolhem e estão aqui por mim, me aceitam como sou.

Apertei o enviar, desliguei a câmera do celular e o atirei para longe. Recostei na cabeceira da cama. Respirei fundo, observando meu peito subir e descer. Minhas mãos voltaram a tremer. Rangi os dentes em meio ao nervosismo que surgia. Agora restava olhar para frente.

Ouvi duas batidas na porta. Surpresa, murmurei um "entre", apenas alto o suficiente para que fosse ouvido. A porta de madeira rangeu, como sempre fazia ao ser forçada. Mamãe colocou a cabeça dentro do quarto, trazia consigo um copo de água e um semblante preocupado. As olheiras marcavam sua pele. Ela havia prendido os cachos dos cabelos em um coque e retirado as roupas de trabalho. Encarou-me por alguns minutos e retribuí seu olhar. Meu coração saltava, grato pela sua presença.

— Tudo bem, mamãe?

Ela largou o copo em cima da escrivaninha e correu para me envolver em um abraço apertado.

Isis

Por Beatriz Nonato

O relógio marcava dezesseis horas e quarenta e seis. Isso me dava onze minutos para limpar a barra de pesquisa do navegador do laptop antigo, que estava na sala de estar. Também não podia me esquecer de limpar os últimos *plays* dados no aplicativo de serviço de *streaming*, deixando apenas os louvores infantis de meu irmão Isaac, além de alguns episódios de *podcasts* que não me causariam nenhum questionamento ou discurso de reprovação. Em grande parte dos dias, o aparelho ficava no meu guarda-roupas, mas era difícil dizer o que geraria ou não desconfiança em minha mãe, após tanto tempo de oração em algum lugar distante. Meus olhos estavam parados na tela enquanto a desligava, meus ouvidos estavam atentos ao barulho do giz de cera indo e vindo na mesa de vidro.

— Terminei! — Isaac gritou e estendeu a folha de sulfite para mim. — Você acha que assim está bom?

O desenho em tons marrons ilustrava Érica, nossa mãe, e Messias, meu padrasto e pai de Isaac, em frente a uma poça azul, rodeada de pequenas flores pintadas de amarelo. O presente preparado por Isaac fazia referência à viagem missionária a uma comunidade ribeirinha, a qual os dois foram enviados na última semana.

— Nossa, lindo demais! — Sorri para ele, afagando seus cabelos encaracolados. — Agora, vamos guardar essa bagunça, a mamãe já deve estar chegando.

As viagens missionárias sempre foram comuns para Messias, que era pastor há quinze anos. Já a companhia de minha mãe era algo mais recente. Os dois se conheceram há pouco mais de seis anos. Minha avó, Alma, que sempre foi uma figura forte e necessária em nossa família, adoeceu rápido demais, vítima de um câncer de pâncreas. Os últimos meses de sua vida foram dedicados cem por cento a uma espiritualidade recém-descoberta e induzida, exclusivamente, por conta da doença. O ceticismo de uma vida inteira passado, de geração para geração, foi, de repente, substituído por uma fé incontestável e cega.

— Dona Alma precisa de oração, Érica — disse a vizinha do apartamento de cima, enquanto nos ajudava a tirar algumas sacolas com fraldas geriátricas do porta-malas do carro. — Você sabe disso também, não sabe, Isis? — Ela sorria para mim de forma piedosa, tentando não olhar para as minhas pernas. — Assim como você também precisa. O nosso Senhor e apenas Ele pode te curar. Ele tem poder!

As palavras da vizinha apenas tiravam de mim um sorriso amarelo ou um suspiro. Não foi a primeira vez que ouvi um comentário como aquele.

O senhor de cabelos ralos e grisalhos me sentava mais uma vez no colchão de plástico azul, dessa vez sem me pedir para chutar a palma de sua mão. Aos seis anos, eu não sabia bem o que fazia sempre ali, uma vez a cada três meses, mas gostava dos desenhos dos animais cobrindo as paredes brancas e dos brinquedos em volta da cama no meio da sala sempre fria.

Minha mãe procurava em sua bolsa algo para prender meus cabelos e olhava para o médico como quem esperava uma resposta.

— Bom, dona Érica, essa garotinha precisa de muita brincadeira no parquinho — falava, piscando para mim, como um cúmplice. — E fisioterapia! Não tem segredo. O quadro da Isis é ótimo na medida do possível. Não acho que devemos submetê-la a uma cirurgia sem necessidade.

Minha mãe se levantou da cadeira, enquanto eu observava com atenção o pirulito cor-de-rosa na mão de uma enfermeira vindo em minha direção.

— A tia vai te ajudar a descer daí, garotinha.

Estiquei os braços para que ela pudesse me levantar, antes de me colocar no chão mais uma vez, com o equilíbrio vacilante. Minha mãe e o médico saíram da sala fria.

— Você é muito linda, Isis! — A enfermeira alisou os meus cabelos. — Deus vai fazer você ficar boa.

Estava distraída demais com o meu pirulito cor-de-rosa e não tinha consciência do que, exatamente, eu ainda não estava boa, mas assenti. Minha mãe e o senhor entraram mais uma vez na sala. O rosto dela, que antes abrigava um sorriso gentil, agora me olhava com os olhos sérios. Uma reprovação mal disfarçada.

Saímos da sala num supetão. Ela me puxava rápido, sem se importar com meus pés tropeçando um no outro.

— Joga fora essa porcaria. — Ela puxou o pirulito da minha boca. — Se estragar esses dentes, não vou consertar nada.

Naquela época, era difícil entender a fúria da minha mãe. Aliás, até hoje me questiono se a raiva dela é de mim ou das circunstâncias. Ainda que meu cabelo, sempre comprido, e as saias longas que minha mãe sempre me obrigou a usar, desde antes de sua conversão, pudessem ser um fator notável, nada chamava tanta atenção em mim quanto o meu caminhar. Eu sabia disso. A questão é que ela nunca soube lidar com o fato de ter uma filha com uma deficiência física, muito menos me explicar o que havia acontecido comigo.

A falta de equilíbrio me fazia caminhar de forma muito lenta, jogando o peso do meu corpo todo para a frente, como se desse pequenos saltos a cada passo, arrastando os pés de forma exagerada e pesada no chão.

Sempre que tentei questionar sobre o assunto, recebia respostas ríspidas e assertivas. Nenhuma delas gentil ou esclarecedora. Apenas anos mais tarde, já na adolescência, entendi que o meu caso tinha a ver com algum acontecimento durante o parto.

Minha mãe não falava sobre isso, muito menos sobre a gravidez ou o meu pai. O pouco que já ouvira falar sobre meu *progenitor* foi em um velório, quando eu tinha cerca de dez ou onze anos, e minha mãe consolava uma de suas amigas viúvas.

— Já passei por isso... — Ela passava as mãos pelo ombro da amiga. — De forma muito pior. Ele me abandonou quando essa aqui nasceu. Morreu logo depois. Sei como é duro.

Minha curiosidade me fez enchê-la de perguntas e ganhar surras como resposta.

— Quer terminar como aquele homem? — ela me perguntava aos gritos, sem tirar as mãos do volante e os olhos da estrada. — Então não dê um pio para perguntar de pai coisa nenhuma! Eu te mato, está me ouvindo?

Lembro-me de sentir medo e de me assustar com a pista escura e os faróis gigantescos dos caminhões. No fundo, duvidava da brutalidade de Érica, mas preferia não arriscar.

Em contrapartida, Alma me explicou, com seu entendimento limitado e otimismo cético, que eu não tinha nada de errado e que o meu pai havia sido apenas uma inconsequência adolescente.

— Mas as coisas são assim, Isis. Você é normal — ela me consolava nos meus dias de desesperança.

A fé de dona Alma e Érica crescia à medida que as notícias ruins chegavam dos médicos. Em seis meses, o câncer já havia tomado conta de boa parte do corpo de minha avó, do mesmo modo que o cristianismo se tornou lei em nossa casa, e Messias, o salvador.

Nas primeiras visitas de Messias, ele nunca estava sozinho, mas sempre com alguns fiéis ou dois rapazes mais novos, com rostos magros e característicos, que descobri serem seus alunos da escola missionária. Messias era uma espécie de *mentor* e dava-lhes ensinos bíblicos, preparando-os para um dia poder liderar multidões, assim como ele fazia por Andalina e pelo mundo. Eu subestimava sua influência, mas confesso que passei a dar credibilidade a ele conforme levava *souvenirs* e fotos de lugares importantes e distantes para a minha mãe.

As orações pela minha avó aconteciam duas ou três vezes por semana. A princípio, Messias aparecia com o seu grupo de fiéis e eles se reuniam em volta de Alma, orando alto em línguas incompreensíveis, quase caricatas, jogando sobre ela algum óleo ungido. Todos diziam ser enviados por Deus e prontos para amarem o próximo, mas me olhavam com repulsa e enxugavam as mãos quando encostavam em mim. Pouco a pouco, as companhias de Messias foram cessando e a proximidade com Érica aumentando.

Duas semanas após o falecimento da minha avó, Messias me convidou para uma conversa na presença da minha mãe. Esperava que os dois fossem me contar o óbvio: que estavam namorando ou iriam se casar, mas fui conduzida a um canto do apartamento com alguns grãos no chão.

— Quero te dizer que você não tem culpa. — Ele me olhava nos olhos, segurando-me pelos ombros, numa tentativa falha de me passar a sensação de conforto. — Você era apenas uma criança, talvez não tivesse como se defender, mas sei como te incomoda e posso te ajudar. Vamos fazer uma oração para expulsar todo e qualquer espírito de doença da sua vida, Isis. Você tem fé que será curada?

Fui orientada a me ajoelhar no chão. Enquanto Messias gritava num idioma incompreensível, eu olhava para a minha mãe, me espiando com reprovação por não estar com os olhos fechados. Aquela foi a entrada oficial dele em nossa casa, nossas vidas.

Alguns minutos depois de Isaac finalizar seu desenho, ouvi o barulho de chaves girando a maçaneta da porta. Messias apareceu, acompanhado pela voz da minha mãe.

— Cadê o meu quinquinho?

Isaac abriu a porta com um sorriso esperançoso, encontrando o abraço apertado e cheio de fios de cabelo de nossa mãe. Messias me abriu um sorriso amarelo antes de me entregar sua mochila. Os dois deixaram as malas no corredor enquanto envolviam Isaac em cócegas e carinhos.

Tropecei em um dos sapatos que meu padrasto já havia tirado, mas felizmente pude me equilibrar. Coloquei as malas dentro do apartamento e fechei a porta, encontrando o olhar de minha mãe, passando minuciosamente da sala para a cozinha.

— Tudo bem, mãe? — perguntei, sorrindo. — Quer comer algo?

— É claro que quero. Já era até para você ter feito alguma coisa, não é?

Engoli em seco e sorri. Ela sempre voltava irritada das viagens, mas, pelo menos, não destratava Isaac. O tom de reprovação logo foi substituído por casualidade, e ela e Messias foram para o quarto descansar da viagem.

Já havia passado da hora do jantar quando Érica finalmente saiu do quarto com a cara amassada de sono. Isaac estava dormindo no sofá, enquanto eu tentava acompanhar as mensagens que não paravam de chegar no meu celular.

O grupo da escola Santa Cecília nunca esteve tão ativo, nem em semanas de prova ou interclasse, muito menos em um fim de semana. Mas, dessa vez, não foram questões de vestibular ou debates sobre a estampa da camiseta a ser usada nos jogos deste ano, o assunto era um só: Betina.

O vídeo foi enviado por um número que não estava salvo em meus contatos, mas tinha o nome de "Michael" ao lado. Não acompanhava nenhuma mensagem, recado ou cerimônias. Apenas um link. A miniatura embaçada me impedia de ter certeza de qual era o conteúdo da mensagem, então abri e dei o *play*.

Assisti por mais tempo do que gostaria, não pelo conteúdo, e sim pelo choque. O estado de perplexidade não me fez prestar atenção nos detalhes. Com dez segundos de vídeo, já estava tomada pelo sentimento de pena: Betina estava sofrendo *revenge porn*.

Os comentários no grupo eram, em sua maioria, nojentos. Memes com as fotos de Betina nua, garotos agradecendo Michael pelo conteúdo. O pior foi uma montagem em que Betina aparecia em cima de um bolo de aniversário e embaixo estava escrito: "O que vão servir para todos comerem no aniversário de Andalina". A foto fazia uma alusão ao aniversário da cidade, dali a algumas semanas.

— Que barulheira é essa, Isis? — minha mãe perguntou enquanto apertava os olhos. Ela foi até o bebedouro e pegou um copo de água.

Dei um pulo no sofá quando percebi sua presença.

— Oi? — Tentava disfarçar o meu choque. — Não é nada, não. Só o pessoal do grupo da escola.

— Grupo da escola a essa hora? — Ela se aproximou e, antes que eu pudesse ter qualquer reação, pegou o celular da minha mão.

Meu coração gelou. Agora, minha mãe olhava a tela do celular completamente chocada. Balbuciei alguma coisa, tentando explicar o que era aquilo, mas, antes que algum som pudesse sair da minha boca, vi meu celular voar para o outro lado do cômodo.

— Que merda é essa, Isis? — ela esbravejou. — Esses são os seus amigos da escola? Que pouca vergonha é essa?

Eu ainda estava em estado de choque com as fotos de Betina e não conseguia esboçar nenhuma resposta. A reação bruta de minha mãe também me deixou assustada, e olhei preocupada para meu irmão, que parecia não ouvir o tom de voz dela, ríspido e certeiro.

— Quem é essa sem-vergonha, Isis?

Atropelava-me nas próprias palavras, porque não conseguia falar. O tom autoritário de minha mãe logo foi substituído por alguns tapas em minha cabeça. Enquanto me encolhia para tentar desviar dos seus golpes, ela continuava o discurso de reprovação. Era como se a culpa fosse minha.

— É por isso então que quer tanto estudar, Isis? Para ter esse tipo de amigas naquele lugar? — disse ela em um tom de voz bravo, mas ainda baixo. — É por isso que você precisa abandonar essa merda dessa escola!

Responder àquelas perguntas não ajudaria, eu jamais seria escutada. Ainda tentava controlar minha respiração e acalmar os ânimos pós-choque e pós-surra. Não adiantaria de nada tentar fazê-la entender.

Betina não era minha amiga. Aliás, não que eu fosse uma pessoa de muitos amigos, mas nossa relação nunca passou de sorrisos gentis uma para a outra nos corredores da escola. Ela era uma garota muito sorridente e bonita, mas éramos de turmas diferentes, e ela tinha seu próprio grupo autêntico e fora do comum. Longe do costume, Betina, Andrea e Luara eram populares, consideradas as mais lindas, mas nunca deixaram isso subir à cabeça. O que eu considerava louvável.

O único episódio de interação entre Betina e eu aconteceu no banheiro da escola, semanas atrás, quando me pediu um absorvente. Isso pouco importava para minha mãe, que agora estava convencida de ter uma grande pervertida e promíscua como filha.

Levantei-me do sofá e fui até o meu celular, com a tela estraçalhada. Minha mãe ainda balbuciava fundamentos e palavras de reprovação direcionadas a mim, mas agora afagava Isaac de forma protetora. Ela me lançou um olhar de ódio e segurei as lágrimas antes de caminhar até o meu quarto.

Já fazia duas semanas desde que o vídeo de Betina tinha se tornado a pauta principal da escola, e era meu primeiro dia de volta. Com as viagens missionárias da minha mãe e do meu padrasto, eu era obrigada a cuidar de Isaac, o que me fazia perder boa parte das aulas e do ano letivo. Desde o seu nascimento, só escapei de reprovar porque sempre acompanhei o material com a ajuda de colegas de sala.

A primeira aula do dia era Biologia. Não à toa, minha matéria preferida. Boa parte dos alunos estavam em suas cadeiras, reunidos em suas panelinhas, rindo e conversando alto. Desde a última aula, vi que algumas paredes tinham novos escritos. Todos relacionados à Betina, e nenhum deles positivo.

Enquanto a professora entrava na sala de aula, com um ar empolgado nos desejando bom-dia e tentando colocar ordem na sala, sem muito sucesso, eu encontrava uma carteira para me sentar. No canto direito, encontrei uma carteira vazia, próximo a um grupo com duas meninas e um rapaz. Ao me aproximar, não pude deixar de perceber que o assunto ainda era Betina.

— Ninguém sabe. Acho que elas devem estar acobertando alguma coisa, mas estão super abatidas. — Ouvi Gabriela, uma garota baixinha de cabelos curtos, presumir enquanto se sentava em cima da carteira. – Parece que ela tem tentado se matar ou algo assim.

Não consegui disfarçar a surpresa em meu rosto quase nunca tão expressivo, e eles puderam perceber. Gabriela, Rafael e Fabiana, os três colegas sentados ali, me cumprimentaram com breves "e aí?" e sorrisos. Retribui o cumprimento e me sentei na carteira. Fabiana puxou minha cadeira para mais perto do grupo.

– Está sabendo da Betina? – perguntou ela com um tom de anunciação.

– Sabendo do quê? Do vídeo? – presumi. – Infelizmente. Mas não entendi direito. Por que o Michael fez aquilo?

– Porque é um bosta, não é? – Gabriela concluiu. – Mas estão falando que é porque a Betina o traiu com outro garoto do terceiro ano, e ele surtou.

Deixei escapar um sorriso incrédulo. Michael sempre teve uma pinta de galã. Ele já estava há tempo demais no Santa Cecília, pois repetiu várias vezes algum ano do ensino médio, mas não parecia se incomodar com isso. Talvez por ser mais velho e ter essa postura de *you only live once*, justificando todos os seus atos inconsequentes no fato de ser jovem e bonito, o que eu achava questionável, despertasse um interesse na maioria das garotas. Do sexto ao terceiro colegial, sempre havia uma garota escrevendo seu nome com corações na última capa do caderno. Para ele, isso era ótimo e sempre fez muito bom aproveito do sucesso. Nunca fez questão nenhuma de esconder quantas bocas beijava ou com quantas tinha transado no fim de semana. Fazia listas, anunciava, comentava, orgulhoso, em alto e bom tom nos corredores da escola.

Quando o vi com Betina pela primeira vez, confesso que não me choquei, mas parte de mim se sentiu um pouco decepcionada, talvez, pelo simples fato de não entender o que os dois tinham em comum, além da beleza e popularidade. Havia aquela sensação de que Betina merecia mais. Mais uma vez: mesmo sem conhecê-la, nutria uma simpatia muito grande por ela. Talvez pelo carisma de sempre e sua postura solícita. Betina nunca olhou para mim com pena ou pesar, assim como suas amigas. Já Michael...

O fato é que, mesmo em um relacionamento, os rumores e histórias das aventuras sexuais de Michael continuavam igualmente frequentes, e ele nunca fazia questão de negar nada. Eu não sabia se aquilo era consensual ou apenas falta de caráter, mas o vazamento do vídeo foi como uma resposta para mim.

— Ele não faz isso com ela desde sempre? — indaguei. — Mal caráter! Como ela está, vocês sabem?

— O pessoal anda falando que ela morreu. — Rafael olhou para mim, com um ar preocupado. — Nem a Andrea e a Luara, que andam com ela, sabem onde está.

— Tem uma menina da sala do Michael dizendo que ela foi internada numa clínica psiquiátrica, porque surtou, e os pais não souberam lidar — Fabiana falava enquanto passava a mão pelo seu cabelo encaracolado. — Não tem como essa menina ter morrido e ninguém ter ficado sabendo.

Rafael deu de ombros.

Michael passou pelo corredor, estapeando a porta da sala, e assim que o vi, meus olhos saltaram. Gabriela percebeu o choque.

— Não aconteceu nada com ele. Só tomou uma suspensão.

A professora pediu silêncio mais uma vez e, finalmente, os alunos começaram a se organizar em suas carteiras. Ajeitei-me no assento, enquanto meus colegas também se arrumavam em seus lugares. Dois meninos sentaram-se nas carteiras vagas atrás de mim.

— É uma pena. Ela é a maior gostosa, espero que volte logo. Quem sabe, agora que todo mundo já viu, ela não fique mais fácil — um deles comentou, rindo. Presumi ser sobre Betina e senti pena mais uma vez. — Só acho que podiam ter mais vídeos assim das outras meninas.

Meu estômago quase se revirou.

O vazamento do vídeo de Betina desencadeou uma espécie de corrente, se é que pode se chamar assim. Na mesma página em que o vídeo foi publicado, várias outras meninas também foram expostas, de maneiras não tão explícitas quanto Betina, como "As vadias de Santa Cecília". Eram fotos já publicadas por elas, mas com legendas nojentas, detalhando momentos sexuais, dando nota para o desempenho e tantos outros absurdos. Tudo aquilo era nojento. Não acompanhei tão assiduamente. Após minha mãe ter arremessado meu celular para longe, também me privou da internet por alguns dias.

Todas as outras aulas se seguiram num ritmo comum e previsível. No intervalo, me sentei com Rafael e Gabriela e, mais uma vez, os dois teorizavam sobre o paradeiro de Betina. Enquanto dava uma mordida no meu salgado, meus olhos encontraram outros, bem familiares: Otávio.

Era inevitável. Minhas mãos começaram a suar frio. As borboletas começaram a voar no meu estômago. A fome se foi. Otávio passou por mim sem me olhar, mas sabia que ele havia me visto ali. Não tirei os olhos dele, jurando que isso o faria olhar para mim, mas sem sucesso.

Otávio era um garoto alto e esguio do terceiro colegial. O clássico garoto geek: vivia com seus fones de ouvido e referências cinéfilas pelos corredores da escola. Também gostava de Biologia, e nos encontrávamos constantemente em palestras extracurriculares. Conversávamos de vez em quando na escola e pela internet. Não diria que éramos grandes amigos, mas próximos, sim. Pelo menos até pouco tempo.

Não era apaixonada por ele. Aliás, não era mesmo. Passado. As coisas mudaram de cena depois da última festa de aniversário de Andalina, quase exatamente um ano atrás. Festa da qual eu nem queria ir, mas fui convencida por sua insistência. Minha mãe repudiava fortemente a comemoração, pois, segundo ela, festa junina não agradava os olhos de Deus e, desde a morte de minha avó, as comemorações não eram muito bem-vindas em nossa casa. De todo modo, daquela vez não houve tanta cerimônia por parte dela.

Otávio e eu nos encontramos no centro da cidade e logo fomos nos aventurar nos clássicos gastronômicos da festa: pipoca, bolo, algodão-doce. Ele estava prestes a completar dezoito anos e já segurava uma latinha de cerveja na mão. Não só uma, aliás, mas várias no decorrer daquele dia. Aproveitamos a festa até que meu celular começou a ser bombardeado com mensagens de minha mãe, pedindo-me para voltar para casa e cuidar de Isaac. Era dia de escola missionária na igreja de Messias, não podia me atrasar.

Enquanto caminhava no meu ritmo lento rumo ao ponto de ônibus, Otávio parecia achar graça demais das minhas piadas e desculpas esfarrapadas, o suficiente para ficar encostando em mim. Estávamos no meio de julho, mês tipicamente frio, mas sei que os seus agasalhos estavam quentes o suficiente.

— Então está bem, *Doutor Incrível*. Muito obrigada pela companhia e pela paciência de andar dez metros a dois quilômetros por hora para me acompanhar. Foi muito gentil da sua parte. — Sorri.

Otávio sorriu de volta e colocou sua lata de cerveja no chão. Ele se aproximou de mim e me equilibrei para abraçá-lo, mas fui surpreendida com um beijo.

O meu estado de choque não me impediu de retribuí-lo e, então, tudo aconteceu da forma mais rápida que pude me dar conta. Em meio aos beijos desajeitados e ao vento frio batendo em nossos rostos, fomos para outra rua, menos iluminada e quase deserta. Ele me beijava com desejo e colocava suas mãos por baixo da minha saia. Hesitei, contando que nunca havia feito nada daquilo, e Otávio continuou me beijando.

— Para tudo tem uma primeira vez — ele respondeu, enquanto sua barba rala tocava meu pescoço.

Aquela tinha sido a minha primeira vez e a primeira vez com Otávio. Depois daquela, houve outras, muitas, mas nossa amizade esfriou na escola. Em um ano, os acenos e cumprimentos descontraídos deram lugar a olhares disfarçados, sorrisos tímidos e encontros secretos. Em Santa Cecília éramos desconhecidos.

Otávio foi para a mesa de seus colegas e ali ficou. Eu tentava não desviar o olhar para ele, mas parte de mim queria falar com ele cara a cara. Queria saber o que ele pensava sobre Betina, se tinha alguma novidade... E assim o fiz. Gabriela se levantou para jogar algum papel no lixo e aproveitei para ir até a mesa. Tomei algum tempo para me levantar e me arrependi quando senti os olhares se virando para mim.

— Oi, Otávio — falei de forma descontraída.

Ele levantou o olhar, girou em minha direção e sorriu, fazendo pouco caso. A reação dele não me surpreendeu.

— Será que a gente pode conversar? — Tentei aprumar minha postura. Precisava parecer confiante.

Os meninos presentes na mesa começaram a olhar para ele, confusos, questionando minha presença ali.

— Agora não dá, estou ocupado com o pessoal aqui, mas depois a gente se fala. — Ele voltou à posição original, dando as costas para mim.

Contive a expressão de choque e decepção e ouvi as gargalhadas. Dei as costas ao grupo, respirando fundo para não ruir em lágrimas.

— Qual é, Otávio! Está namorando a *pata manca* agora? — Um deles riu. — Lança lá no Instagram se vale a pena mesmo. Quem sabe não faço um ato de caridade...

Fingi que não ouvi e fui em direção ao banheiro o mais rápido que pude, mas não sem antes ouvir a gargalhada alta de Otávio.

No início da semana seguinte, o vídeo de Betina já não era mais a pauta principal de Santa Cecília. O assunto variava fortemente entre as férias e o paradeiro dela. Gabriela me contou que havia bolões a respeito de onde ela estaria e a aposta principal sempre apontava para troca de identidade ou morte. Nesse ponto, eu já conseguia rir um pouco da situação, ainda preocupada. Infelizmente, Betina não havia sido a primeira vítima de *revenge porn* e tampouco seria a última. Era absurdo imaginar o que devia ter acontecido com ela, porque sabemos o quanto esse tipo de coisa ressoa na mulher, a vítima. Enquanto Michael, o homem, continuava fazendo piadinhas de mal gosto pela escola.

O último sinal finalmente tocou e me levantei a passos ansiosos, porém lentos, até a saída da sala de aula. Fabiana estava mais próxima de mim e abriu a porta para que eu passasse. Nos últimos dias, havíamos nos aproximado bastante, graças ao nosso posicionamento em defesa da Betina. Enquanto descíamos alguns degraus, ela olhava atenta para o seu celular, pareceu ler alguma coisa.

— O que foi?

Tentei enxergar as letras minúsculas no telefone, curvando-me para perto dela.

— Você recebeu isso aqui também?

Ela virou o telefone para que eu pudesse ver o logo: “As ~~vadias~~ garotas de Santa Cecília”.

Como ainda estávamos descendo os degraus, não consegui prestar muita atenção no conteúdo do site, mas parecia conter miniaturas de vídeos. Fabiana e eu seguimos andando rumo ao portão de saída, deixando que o restante dos alunos andassem mais depressa.

— Caramba! Olha quanta gente da escola. Acho que estão expondo os garotos! — Ela me mostrou o celular, empolgada. — É isso mesmo! — disse, enquanto dava *play* em um dos vídeos.

O rosto era familiar: Samanta, uma garota do terceiro colegial. O barulho das conversas paralelas e risadas nos impedia de entender o que ela dizia, mas seu tom era sério. Aproximamos nossos ouvidos do celular para ouvi-la de forma mais nítida, sem muito sucesso. Decidi pegar meu celular e logo vi a notificação: o mesmo link também tinha sido enviado para mim.

Me despedi de Fabiana e segui rumo ao ponto de ônibus que, por sorte, já estava prestes a passar quando cheguei. Durante todo o caminho, fui abrindo os vídeos do site e, ao chegar na rua da minha casa, estava com os olhos inchados de tanto chorar. Os relatos denunciavam todos os tipos de abusos, preconceitos e injustiças, que aconteciam aos montes naquela escola. Meu coração batia forte e minha mão estava fria. Questionava-me se poderia falar o que se passava por entre as cortinas também, se finalmente poderia dizer em alto e bom tom o quão negligente os responsáveis da escola eram por todas as vezes em que apareci surrada, pedindo ajuda, e apenas mandaram um coordenador visitar minha casa, nas palavras deles, “totalmente funcional”, apenas assinando um termo. Quando os alunos escreviam meu nome com o apelido de “pata manca” nas paredes das salas de aula ou usavam uma foto minha como “acerte o alvo” em um dos jogos de tiro ao alvo no interclasse. Sempre era *coisa de adolescente*.

O motorista do ônibus ficou parado por mais tempo do que o necessário, e uma senhora gentil se ofereceu para me ajudar a descer os degraus. Não recusei. A distância do ponto até o condomínio onde morava era de duas ruas, longas o suficiente para que já respirasse com dificuldade na metade da primeira e levasse dez minutos para atravessar a segunda e chegar à portaria. Mas, àquela altura, já estava acostumada. Enquanto secava as lágrimas no meu rosto gelado, avistei Otávio vindo em direção a mim. Ele estava com sua bicicleta e a mochila nas costas.

— Oi, Isis. Dá para conversar agora, não é? — Ele soou gentil e presunçoso.

Não o respondi.

— Qual é, Isis? Não era você quem queria conversar comigo há um tempo? — Ele desceu da bicicleta e parou na minha frente, segurando-me de maneira gentil, mas firme. — Estou aqui, com saudades, aliás.

Otávio se inclinou para me beijar, mas virei o rosto. Ele me soltou com incredulidade, como se eu estivesse cometendo um crime ao rejeitá-lo. De fato, era a primeira vez que não o correspondia.

— O que foi agora?

— Pergunta para os seus amigos. — Virei-me de forma desajeitada, afastando os seus braços de mim.

Ele sabia muito bem do que eu estava falando. Apertei o passo e me afastei, mas fui alcançada pela sua mão mais uma vez.

— Espera aí! Você levou a sério aquilo? Era só uma brincadeira!

— Brincadeira? — Vacilei. — Estou cansada dessa sua brincadeira, Otávio. Já faz um ano dessa palhaçada! Não sabe o que quer!

— Sei, sim. Você também sabe! — Ele levantou o tom de voz, deixou sua bicicleta cair no chão e veio para perto de mim mais uma vez.

Segurei com força a minha bolsa transpassada no ombro e recuei, mas ele me segurou firme e me beijou. Tentava empurrá-lo, mas quanto mais força usava, mais ele me apertava. Otávio só me soltou quando ouviu um barulho de pés correndo em nossa direção. O mesmo grupo de amigos que o acompanhava na escola e ria de suas piadas agora o olhavam, confusos, com nojo.

– O que é isso, Otávio?

– Caraca, corajoso!

Otávio logo me largou e me empurrou. Com a força de seu golpe, desequilibrei-me e caí, batendo a cabeça no meio-fio. A queda me deixou tonta e, assim que coloquei a mão em minha cabeça, senti meus dedos úmidos. Os amigos de Otávio se aproximaram, chocados, eu não sabia distinguir com o quê.

– Porra, está fodendo para geral! Essas meninas tão falando um monte de merda! – um deles exclamou. – Você viu essa porcaria?

Eles falavam sobre o site e sobre mim. Enquanto tentava me levantar, Otávio desviou o olhar e tentava explicar para os amigos o que estava fazendo ali, me beijando. Ele passava a mão no rosto, um tanto quanto transtornado.

– Eu não quero essa nojenta aí, não. Ela é louca! – Voltando-se para mim com uma expressão que não soube decifrar, concluiu em mais um grito: – Você sabe que ninguém vai te querer!

Subiu em sua bicicleta e saiu com os amigos. Fiquei algum tempo ali, tentando me levantar enquanto sentia o sangue escorrer pela minha testa. Meu coração parecia querer saltar pela boca. Tinha sido agredida e humilhada a dois blocos da minha casa. Arrastei-me até que pudesse me sentar e me equilibrar. O salgado do suor fazia arder o corte na minha testa, mas eu doía por inteiro. A queda fez com que parte da minha blusa do uniforme se rasgasse, e estava com parte do meu ombro para fora.

Após subir com dificuldade os degraus até o andar do meu apartamento, joguei a mochila no chão e desabei.

Chorei por mais tempo do que gostaria. Chorei e perdi as forças, deitada no tapete antigo e empoeirado da sala. O meu corpo estava cansado e minha mente mais ainda. Naquele momento, o peso de todos os meus anos de vida caiu sobre os meus ombros. Dezesseis anos lidando com o amor estranho e cruel de uma mãe despreparada, precisando provar para ela e para todos ser suficiente e capaz. Tinha muito no meu prato: eu não era responsável por Isaac, muito menos pelas frustrações adolescentes de Érica. O peso de me contentar que o amor não viria para mim, pois meu corpo não era digno. Eu só queria poder sucumbir.

Fui acordada por um grito de minha mãe. Ela me chacoalhava com certo desespero e dava leves tapas em meu rosto. Não sabia que horas eram, mas, pelo raio da luz da lâmpada invadindo meus olhos, presumi que já tinha anoitecido. Messias me arrastou para o sofá, e eu apertava os olhos, tentando despertar e responder a qualquer uma das inúmeras perguntas feitas. Recuperei a lucidez assim que minha mãe jogou um pouco de água no meu rosto. Foi um verdadeiro interrogatório, que não respondi com honestidade, até finalmente ser mandada para o meu quarto.

No outro dia, meu celular não despertou. Acordei com o som de um carrinho de brinquedo de Isaac e gritos da minha mãe. Levantei-me em um pulo, mas logo diminuí o ritmo pela dor de cabeça fortíssima. Na cozinha, minha mãe preparava algo no fogão e esbravejava sozinha. Assim que me viu na porta do corredor, desligou o fogo e levantou a colher de metal que segurava. Ela me fuzilou com o olhar. Antes que eu pudesse questionar, a colher foi arremessada em minha direção, acertando bem no ombro exposto e ralado da queda de ontem. Olhei-a com confusão

— Por que não me acordou para ir para a escola?

— Já não basta aquela sua amiga sem-vergonha, agora você também? — Ela veio em minha direção. — Não criei vagabunda nenhuma!

— Isso o quê? — Eu ainda processava a temperatura da colher em meu ombro direito.

Do bolso de sua saia comprida, ela sacou o meu celular. Com uma estranha agilidade, deu alguns cliques e virou a tela para mim. O vidro trincado não me impediu de identificar a imagem: era uma foto minha, com uma blusa regata decotada, no provador de uma loja. A foto tinha sido tirada há pouco menos de dois meses e enviada a Otávio. Assim que fiz a associação, prestei atenção no link de origem: o Instagram "As vadias de Santa Cecília". Peguei o celular da mão de minha mãe e rolei a tela, apenas para encontrar a infeliz legenda: "Cortando a cabeça e as pernas, até que dá para comer. Pata Manca: 0" e um *emoji* de nojo. Todos os comentários repetiam o último *emoji*.

Minhas pernas, já não tão firmes, fraquejaram ainda mais. Olhei para minha mãe com medo, antecipando o que viria. Incontáveis tapas e socos me acertavam, enquanto eu tentava me esquivar e via o meu celular se quebrando ainda mais no azulejo da cozinha.

Nunca havia apanhado tanto. Meu corpo havia se acostumado com as reações raivosas de minha mãe, mas nunca tinha desmaiado como dessa vez.

Meus olhos abertos encontraram a porta do meu quarto fechada e um copo de água na escrivaninha ao lado. Com o corpo todo dolorido, sentei-me na cama, pisando em grãos de milho no chão.

Meus olhos saltaram em um susto e me levantei rápido, correndo para a porta que, como suspeitei, estava trancada. Dei algumas batidas na porta e escutei os passos da minha mãe se aproximando. Afastei-me e ouvi as chaves destrancando a fechadura.

— Ajoelhe no milho agora e peça perdão a Deus! — ela esbravejou. — Só sai daqui quando estiver redimida dessa sua falta de vergonha na cara!

Através de seus ombros, pude ver Messias se levantando e vindo em nossa direção. Num tom mediador, ele entrou em meu quarto, me conduziu quase de forma gentil até os grãos de milho na beira de minha cama e fez um gesto para me ajoelhar. Não me movi e ele insistiu, agora com a força de suas mãos. Pôs a mão em minha cabeça e fechou os olhos, erguendo o tom de voz.

— Senhor, sei que olhas por esta tua filha. Sei que apesar das enfermidades que não entendemos pelas quais foi acometida, olhas por ela. Já não bastasse o demônio da doença, agora o da promiscuidade. Tira do coração desta jovem mulher todos esses pecados que a impedem de se curar e se tornar uma pessoa comum, uma pessoa boa. Talvez a sua fé seja falha, mas a minha não é.

Enquanto Messias fazia sua oração de exorcismo, minha mãe dizia orar junto com ele, mas não balbuciava nada, apenas me dava alguns tapas nas costas.

Já não prestava mais atenção nas palavras de Messias. Minha atenção agora estava fixa no barulho da TV na sala ao lado. A voz familiar do âncora do jornal local falava o nome de Santa Cecília. O soar das palavras firmes pela crendice de Messias me impedia de entender com nitidez, mas ouvi algumas palavras-chaves: garotas, fotos, site, protesto e Santa Cecília.

O site. A ansiedade fez minhas mãos suarem frio. Agora, mais do que nunca, precisava que aquilo terminasse logo. E terminou.

Quando meu padrasto e minha mãe saíram do meu quarto, corri até meu guarda-roupas. Embaixo dos cobertores grossos, estava o meu laptop.

Os segundos até o navegador carregar pareceram uma eternidade. Antes que pudesse abrir o meu e-mail, a aba principal me indicou uma página de notícias com a manchete anunciada na TV: "Garotas de Escola Estadual de Andalina fazem protesto em site após denúncias contra estudante". Cliquei na matéria e procurei o link.

Com certa ansiedade, abri a câmera do meu laptop. Era a coisa certa a se fazer. Se antes tinha alguma dúvida, agora não havia mais. Tinha me tornado uma das vadias de Santa Cecília e, se as vadias podiam falar, eles iriam ouvir.

— O que difere uma vadia de um covarde? — questiono. Meus olhos se enchem de lágrimas. — A escola Santa Cecília não está cheia de vadias, como querem fazer crer, já em contrapartida tem muito mais covardes: homens covardes, líderes covardes, diretores covardes. Todos se escondem atrás de quem pegaram, como pegaram, porque pegaram. Estão sempre justificando o injustificável, porque não conseguem ser honestos. Não conseguem aceitar sua mediocridade. É por isso que mulheres como a Betina, eu e tantas outras somos expostas como objetos: porque a única forma de defesa de um covarde é diminuindo o outro, mesmo sabendo estar errado, mesmo que esteja mentindo. Ainda que deseje, não tem coragem de assumir para si mesmo.

Minha voz já estava embargada. Respirei fundo antes de continuar:

— Se ser vadia é ser honesta o suficiente para assumir, viver e gravar os próprios desejos, somos vadias, então. Desde a sexta série, aturo a negligência, a irresponsabilidade, o capacitismo e o preconceito escancarado naquele lugar. Já sofri agressões verbais e negligências sérias. Todos os nossos problemas são ignorados e desprezados, não só aqui, mas de uma forma geral. Não preciso prestar muita atenção para sentir nas falas e nas atitudes de tantas meninas o quanto esse ambiente tem machucado e degradado nossa saúde mental. Fui imensuravelmente minimizada, subestimada, objetificada e silenciada por inúmeros covardes que agora me chamam de vadia! Pessoas que vocês jamais verão o rosto como têm visto e compartilhado o da Betina, que não cometeu nenhum crime, não machucou ninguém, mas tem sido chamada pelos piores nomes. Nomes dos quais eu também já fui chamada.

Puxei o ar para os meus pulmões e vacilei. Pensei em apertar o botão para pausar, mas não o fiz.

— Não sei se nada dessa revolta vai fazer sentido, mas espero que faça. Se vocês resolveram expor uma por uma, que nos vejam por completo.

Respirei fundo. O botão para enviar pisca mais uma vez, e eu o apertei numa onda de coragem.

— É a coisa certa a se fazer — repeti para mim mesma outra vez.

Respirei fundo e senti o ardor da queimadura, gerada pela colher quente arremessada no meu ombro.

— É a coisa certa a se fazer — repeti, antes de acessar o site da emergência policial.

Dara

Por Aline Prata

Nunca entendi o porquê de tanta injustiça nesse mundo. Meu pai sempre dizia que não se deve culpar Deus pelos erros cometidos por nós, seres humanos, mas só depois de muito tempo, entendi o que isso realmente significava.

Ah, meu velho... Ele era uma pessoa incrível, o melhor pai do mundo, dono do maior coração e das melhores histórias antes de dormir. Me lembro perfeitamente de alguns momentos, meses atrás, como se fossem ontem: ele contando as suas aventuras na escola, as suas incríveis habilidades no basquete, tocando violão para mim e para o meu irmão antes de dormir, e contando histórias sobre como conquistou minha mãe apenas mandando passinhos de dança com músicas *black* dos anos noventa.

Que saudade!

Sempre vi Deus no meu pai, mas depois de sua partida, comecei a ver o mais tirano dos seres nesse Deus de quem ele tanto falava. A verdade é que só crescendo e adquirindo responsabilidades e experiências de vida, a gente percebe onde estão os erros, e como às vezes a realidade é tão dura a ponto de nos fazer focar no lugar errado, apenas para ter alguém ou algo para culpar.

Já completei dezoito anos e ainda estou no ensino médio. Por quê? Há alguns meses, faltando pouco mais de um bimestre para me formar e sair desse caos, aconteceu a pior das crueldades: meu pai foi morto a tiros na porta de casa, e não consegui fazer nada. Quando chegava da escola, vi uma multidão em frente à minha casa e, bem de relance, um corpo estirado na calçada. Não fazia ideia de quem ou do que estava acontecendo, só percebi quando, ao me ver, uma das minhas vizinhas veio correndo e me deu um abraço forte e apertado.

Naquele momento, senti meu coração parar. Atravessei a multidão com o olhar e vi que a pessoa ali, nos seus últimos suspiros de vida ou talvez já sem vida alguma, era meu pai. Nunca mais fui a mesma, meu mundo tinha acabado, estagnado, junto com as batidas do coração dele.

Entrei em uma depressão profunda, abandonei a escola e acabei ficando presa mais um ano nessa novela amaldiçoada. Santa Cecília não é uma escola ruim, já tive bons momentos por ali. Estudei nesse lugar desde os treze anos, quando me mudei do interior do Rio de Janeiro para lá. Devia ser só cansaço de ver sempre os mesmos rostos ou talvez o cansaço fosse por não aguentar mais ser alvo de tantos olhares tortos, cochichos, risadinhas e comentários maldosos, simplesmente por ser quem sou, por existir, sabe?

Meus pais me chamaram de Dara, por ser nome de rainha, e sempre disseram que eu alcançaria os dias de glória da realeza apenas sendo eu mesma e tendo humildade e respeito. Em casa, mesmo tendo pouco, materialmente falando, já me sentia rainha do mundo só pelo tanto de amor, carinho, atenção e compreensão que recebia de sobra. Mas em Santa Cecília, minha coroa foi abaixo junto com a minha cabeça. Já não tinha muito sossego por não ser como as garotas bonitas e dentro do padrão, por ter cabelo cacheado, pele preta, ser pobre e precisar estudar e trabalhar, mas tudo ficou muito pior quando me assumi para minha família. Na verdade, nem precisei confirmar nada para já começarem as especulações. As notícias por ali simplesmente voavam, enquanto as pessoas ficavam bem quietas, cada uma na sua bolha de privilégios.

No meu mundo, não existia opção de não me manifestar, porque não tinha quem me colocasse na próxima casa do jogo, não havia quem pudesse me ajudar. Era como se eu fosse o único peão e tivesse que andar até a casa seguinte, com pesos amarrados nas pernas e correntes me prendendo.

Com toda essa situação péssima, ainda tive que voltar para Santa Cecília, onde tudo terminou de desabar de cabeça para baixo. Nunca fui muito próxima de ninguém ali a ponto de formar um grupinho de amigos, ter laços fortes, nem nada disso. Não era uma péssima aluna, mas também não chegava a ser ótima. Boa é a palavra. Na verdade, talvez *medíocre* definisse melhor em algumas situações. A questão é: com certeza não foi nada do que já mencionei que fez com que tudo virasse uma zona imensa, e era isso o que mais me deixou pasma com o quão podre o ser humano pode ser, independentemente da idade. Um bom exemplo era o fato de eu ter sido constantemente caçoada por alunos de quinze anos por causa do meu cabelo, da minha orientação sexual, da minha cor, da minha condição financeira e por ter repetido o último ano.

Depois de me recuperar apenas o suficiente para conseguir ficar em pé novamente, além de refazer o terceiro ano, comecei a procurar emprego. Todos os dias procurava vagas na internet, mandava currículos por e-mail e, quando faltava às aulas por algum motivo, sempre me policiando para não reprovar de novo, ia distribuindo em lojas, supermercados, restaurantes, qualquer coisa me ajudaria naquele momento. E ajudou, por exatos trinta minutos para falar a verdade. Mas, na minha cabeça, ajudaria pelo menos por três meses, que era o período de experiência de qualquer emprego registrado.

Entrei numa loja muito bem decorada, cheia de pessoas elegantes. Um pouco assustador, mas nada que me deixasse surpresa, exceto o fato de ter sido bem recebida, bem tratada e ter conseguido entregar meu currículo com um: "Vamos entrar em contato com você ainda esta semana".

Estava tudo estranhamente maravilhoso. Até que depois de conversar com a recepcionista sobre a vaga, dando aquela olhadinha na loja, me deparei com uma viatura chegando. Na hora, pensei que alguém tinha morrido, passado mal, sei lá, não tinha ideia do que estava prestes a matar mais um pedacinho de mim.

Sim, a polícia estava atrás de mim! Por quê? Eu mesma nem sabia dizer, mas uma das clientes disse bem e com todas as palavras:

— LADRA! Essa escurinha estava roubando da loja, não me roubou também por pouco!

A recepcionista e todas as outras clientes, brancas, loiras e ricas, ficaram de um lado, que claramente não foi o meu. E lá fomos nós para a delegacia. Maravilha! Cada loira rica no seu carro de luxo, e eu, sentada no banco de trás da viatura. Pelo menos fui de carona, não é?!

Não foi divertido como estou contando, só gosto de alívio cômico mesmo, se é possível ainda achar graça disso. Para ser sincera, foi humilhante, muito mais do que ser alvo de piadas de crianças de quinze anos na escola. Inúmeras vezes pior. Já sei que nasci com um alvo enorme em todo meu corpo, frente e costas, mas nunca me imaginei algemada.

Começa o falatório. A delegacia de repente virou um galinheiro.

— Essa menina estava roubando da loja, procura na bolsa dela! Não pegou meu celular do meu bolso por muito pouco, porque percebi a tempo.

— Certeza que já foi na intenção de roubar, com esse papinho de quem está procurando emprego com urgência.

Aí veio a pior das manifestações, a recepcionista:

— Eu a atendi, tratei normalmente, acreditando mesmo que desejava uma vaga de emprego na loja. Complicado querer dar chance para gente dessa laia.

Meu sangue subiu como nunca e quase estourei as algemas, até minha voz mudou, só faltou ficar verde para virar o Hulk.

— Como é? — Ergui o tom. — Gente dessa laia? Tá querendo dizer o que com isso?

— Você é igualzinha aos outros mesmo. Bando de marginal!

— Ah, agora entendi! Então o grupo de racistas ricas e sua criada chique estão me acusando de roubo porque sou preta!

A bonitinha indignada, com seu uniforme da loja e cinco quilos de maquiagem no rosto, ficou enfurecida porque não foi igualada às burguesas.

— Você me chamou do quê? Está muito atrevida para quem me implorava um emprego e está algemada, respondendo por roubo, sua delinquente!

— Isso mesmo que ouviu, senhora, criada chique! Ou pensa que está no mesmo nível dessas aí? Você é a recepcionista da loja em que elas compram, só está do lado delas porque, se não ficasse, estaria aqui junto comigo, respondendo como cúmplice. Se bem que, como é branca, uma demissão seria o suficiente não é, seu delegado?

O delegado estava com uma enorme e expressiva cara de quem comeu arroz estragado e teve dor de barriga por uma semana inteira. Olhando-me como se fosse uma bandida das mais perigosas, orientou:

— Faz o favor de se conter aí, garota. Não está em condições de abrir a boca! — Em seguida, mandou chamar uma policial: — Pereira, chama a Taveira para revistar a delinquente.

É isso mesmo! Não me revistaram antes de levar para a delegacia, só algemaram, sem nem cogitar a hipótese de inocência, e me levaram. Até então, nada de muito novo também, ao menos não na minha realidade.

A policial me revistou e revirou tudo, rasgou meus currículos e, ainda por cima, me fez tirar a blusa na frente daquelas coroas brancas só para verificarem se não tinha nada colado no meu corpo. Não sei o que se passava na cabeça dessa gente. Mesmo sem provas de qualquer roubo, depois de me humilhar e, sem nem mesmo checar as câmeras de segurança da loja, ainda fui obrigada a passar uma noite na delegacia.

Claro, mais uma vez minha vida virou fofoca. No dia seguinte, depois de uma noite toda sem dormir, pensando e tentando digerir o fato de estar dormindo numa delegacia, obviamente faltei à escola de novo. O que não teve problema algum para os alunos, já que fizeram questão de lembrar o motivo da minha ausência.

— Como foi a noite passada, ladra? *Ops*, Dara! — Todo mundo caiu na risada. — Confortável o chão? A comida, por outro lado, imagino ser bem melhor do que a da sua casa.

Não consegui ter nenhuma resposta, nem mesmo tive reação. O mesmo semblante vazio permaneceu em meu rosto enquanto virava as costas e saía. Mas não parou por aí. Eu ouvia os risos de longe, percebia os olhares e conversinhas sempre quando me viam passar. Estava totalmente presa ao que mais odeio: ser o centro das atenções. Da pior maneira possível, a humilhação não havia parado no banco de trás da viatura, com algemas apertando meus pulsos.

Um dia após o outro, os ânimos foram se acalmando. Talvez eu só tivesse deixado de me importar com tudo e todos para me preservar, porque, se tem uma coisa que Santa Cecília não via há uns bons anos, essa coisa era calma. O caos foi de mala morar naquela escola, e nem era exagero! Se fosse possível ver tudo o que acontecia ali ao mesmo tempo, não há estômago resistente para tanta barbaridade.

Para dar uma noção básica, a Betina, uma das garotas bonitas e populares da escola, teve um vídeo e fotos íntimas vazados pelo ex-namorado, um tal de Michael, com seus quase vinte anos de idade, mas não saiu da escola ainda e age como um otário, junto com um grupinho de amigos machistas. Eles que também me importunaram por dias, tentando me humilhar na frente da escola toda. São repugnantes, sério! Pelo que soube, ele expôs todos os nudes da Betina e o vídeo deles transando, porque não aceitou o término, mesmo já tendo ficado com quase noventa por cento da parcela feminina da escola estando num relacionamento.

A menina sumiu da escola, e ninguém mais teve notícias concretas. Ouvi dizer que se envolveu com drogas e foi internada em outra cidade depois de tentar suicídio. Quanto ao Michael, ficou uma semana sem aparecer. A suspensão foi de três dias, mas ele aproveitou um pouco mais, claro, e depois voltou como se nada tivesse acontecido. Não consigo decidir quem é mais podre, se ele ou a direção da escola, por ter tratado tudo isso com tanta naturalidade.

Eu mesma não ia com a cara da garota, só lembro de tê-la visto algumas vezes, no banheiro, com o grupinho das populares. Apesar disso, fiquei realmente muito irritada quando aconteceu toda essa exposição, não só por ela, mas por tantas outras meninas que passam por isso. Todo dia era uma notícia nova, e todo dia um criminoso saía ileso.

Depois de uma semana do crime, mais ou menos as consequências desse assunto foram totalmente esquecidas. Aparentemente, jogaram mesmo para debaixo do tapete todo esse abuso da forma mais podre e covarde possível. Nem as amigas dela sabiam dizer o que tinha acontecido. Só se ouviam boatos, desde os mais prováveis até os mais absurdos, como, por exemplo, ela ter virado garota de programa. Já dá para imaginar da boca de quem saiu isso, não é? Michael e sua gangue de otários não cansavam de espalhar boatos ainda mais repugnantes do que a própria ação de ter exposto uma garota menor de idade com tanta maldade. Não satisfeitos, criaram uma conta no Instagram com fotos íntimas das meninas com quem ficavam.

A maior parte das meninas expostas nessa conta era menor de idade. O perfil foi denunciado por algumas garotas, mas uma boa parte delas achava legal o fato de serem vistas como *gostosas*, a ponto de aparecerem numa conta com um nome tão degradante como "As vadias de Santa Cecília".

Não fazia sentido uma coisa dessas ser real. Basear a vida no ponto de vista de homens machistas, pedófilos, racistas e tão escrotos como o Michael e os robozinhos do seu grupo, que mais pareciam clones, cada um ainda pior do que o outro. Patético e revoltante.

Depois de um tempo, até os boatos foram caindo no esquecimento. Agora, só falavam da festa de aniversário da cidade, sempre muito esperada em Andalina. Para aqueles adolescentes, criados numa bolha de privilégios, era a oportunidade de fazer tudo que é besteira, se embriagar, usar drogas, e virarem assunto da semana seguinte. Sempre o mesmo roteiro, totalmente previsível e clichê.

Quanto mais a data se aproximava, mais as expectativas dos alunos aumentavam. Esse era o único assunto, e eu cuidava para me manter o mais afastada possível de todo esse circo, até porque nem gosto de ir em festas e socializar, ainda mais com esse pessoal. As cinco horas de aula diárias eram tempo mais do que suficiente para desejar sumir e não ter que ver ninguém daquela escola, nunca mais.

Por mais que muita gente tenha se solidarizado com a Betina e muitos boatos, conversas e reflexões sobre esse caso tivessem circulado pela escola, ninguém, em nenhum momento, chegou a questionar a direção por ter dado uma punição tão insignificante para uma atitude desprezível como aquela. O Michael, literalmente, cometeu um crime e só pegou três dias de suspensão para "pensar no que fez", como se tivesse apenas feito uma dessas brincadeirinhas de mal gosto, escondendo material do colega. Inacreditável como uma pessoa podia ter tantos privilégios. Enquanto isso, a conta continuava ativa e era motivo de alvoroço.

Numa ida ao banheiro, dessas no meio da aula só para respirar e caminhar, escutei algumas garotas falando sobre serem bonitas o suficiente para ter suas fotos postadas nessa conta, sobre como é gratificante ser bonita. No meio da conversa, uma delas falou com o maior entusiasmo do mundo:

– Tirem a blusa, vamos ver quais peitos são maiores. Quem ganhar manda foto para postar.

De repente, tudo ficou estranhamento quieto. Só podia ser coisa ruim. Dito e feito. Uma delas chutou a porta da cabine, onde eu estava terminando de colocar minhas calças de volta, e gritou em alto e bom tom para todo mundo ouvir, com aquela voz estridente e aguda de garota mimada:

– Que nojo, garota! Você não tem vergonha de ficar espiando, enquanto a gente se troca, não?

– Menos, garota! Só estava fazendo xixi...

– Chama o diretor agora – ela me interrompeu, falando com uma das colegas. – Não vou aceitar essa sapatão estranha vigiando a gente trocar de roupa!

Mais uma vez, lá estava eu, sendo acusada de algo que não fiz e pagando bem caro por isso. O diretor nos chamou em sua sala e só se escutava a voz das meninas contando o quão tragicamente foram espiadas por uma lésbica. Até choro rolou. Eu não tive nem chance de me explicar. Foram três dias de suspensão, sem direito de defesa.

Três dias de suspensão! Não deu para acreditar que fiquei suspensa, sem qualquer comprovação da acusação recebida. Não tive a oportunidade de demonstrar tamanha raiva que senti na hora, apenas peguei aquele maldito bilhete e saí batendo a porta.

Isso não ia ficar assim, já estava cansada dessas palhaçadas. Ficaria três dias fora, mas passaria todos eles, sem exceção, planejando voltar fazendo barulho. Não entraram na minha cabeça os motivos daquela decisão. Como a exposição de conteúdo de pornografia infantil podia ser comparada a uma invenção de garotas preconceituosas sobre espiá-las no banheiro? Basicamente, minha orientação sexual foi comparada a um crime tão grave da maneira mais sórdida possível, e não fizeram nem questão de esconder essa injustiça. Acho que nunca me senti tão enfurecida quanto nesse momento. Nunca me passou pela cabeça, apesar de todos os pesares, que simplesmente por ser quem sou, uma atitude que nem tomei seria igualada a um crime.

Já em casa, com tempo de sobra, graças àquela injustiça, só pensava mais e mais. A cada minuto, ficava ainda mais angustiada. Ao invés de planejar a revolta, não conseguia mais sair do lugar durante os primeiros dias, só chorava e ficava irritada. Não fazia sentido algum passar por tudo isso. Nunca havia me sentido tão impotente e acabada na vida, e nem tinha acabado em algemas dessa vez.

Quando enfim consegui me levantar, lavar o rosto e reagir, já estava no último dia da minha suspensão. Acho que minhas lágrimas já tinham se esgotado. Uma dor imensa no peito e uma sensação de vazio me preenchiam. Como colocar tudo para fora?

Peguei o celular e, quando entrei nas redes sociais para tentar me distrair minimamente de ideias tão destrutivas, vi a divulgação de um site chamado "As ~~vadias~~ garotas de Santa Cecília". Meu sangue subiu e cliquei no link, a fim de acabar com aquela palhaçada, mas me deparei com algo muito diferente do esperado. Soava muito mais como um protesto. Podia parecer besteira, mas foi uma ideia muito boa. Fosse quem fosse a criadora disso, fez muito bem. Chamava a atenção de todo mundo para o lado podre, não apenas daquela conta no Instagram, mas de tudo o que acontecia em Santa Cecília. Me surpreendi positivamente com os relatos ali.

Todas as histórias postadas no site me motivaram, tocaram na parte mais sensível e nas minhas maiores feridas, me fizeram acordar e reagir a tudo de ruim que estava me cercando. Mesmo com todos os acontecimentos me tirando as forças, minhas palavras de protesto e desabafo eram só o que eu tinha.

– Olha só! Não foi legal me colocar como centro das atenções na hora de me humilhar na frente de todo mundo? Agora, quem fala sou eu. Não vai ter quem escape. Nem eu mesma vou escapar, porque vou matar na frente de todo mundo todos esses demônios que me sondam desde sempre. O problema não foi ser suspensa. A suspensão em si não me afetaria tanto, se não tivesse acontecido tudo isso dentro da escola, e comigo aqui fora. É desumano, e quem está nesta mesma posição sabe do que se trata. Demorou para chegar aqui, para ter coragem de colocar vocês diante da verdade, e me colocar de verdade diante de todo mundo, para reagir com a vontade que sempre gritou aqui dentro!

Sequei os olhos com a manga da camisa e continuei:

— Jurei que não me veriam chorando nunca, mas uma hora cansa. Ter perdido o meu pai foi a pior coisa que me aconteceu. Desde então, não consegui mais ser a mesma. Me senti totalmente vazia e impotente, com certeza é a pior sensação da minha vida, e não desejo a ninguém. Precisar tirar forças de onde não tem para se levantar e ter alguém para quebrar suas pernas ao meio sempre quando você consegue o mínimo... Dá para saber o que é? *Como* é?

As lágrimas escorreriam depressa pelo meu rosto, molhando minhas roupas como um daqueles banhos de chuva, lavando a alma. Senti como se estivesse passando por um processo de purificação, vomitando todas as palavras entaladas na minha garganta e chorando toda a água que havia bebido no dia. Um verdadeiro *detox* da alma. Continuei a limpeza:

— Não houve um dia que não pensasse nesse turbilhão de emoções ruins me cercando e não questionasse se realmente é justo passar por tanto ao mesmo tempo, sendo apenas uma menina tentando entrar na vida adulta, que por si só já é horrível, sem acabar tirando a própria vida por não fazer sentido sua existência no mundo. Meu choro não é de tristeza, é de revolta, por precisar conviver com situações absurdas o tempo todo, como se fosse extremamente comum e ver a tristeza quase como minha melhor amiga, porque é como se ela não fosse me largar nunca!

Finalmente, um suspiro de alívio, seguido daquela engolida única, dada no choro quando chega o momento de parar e respirar.

— Não vou aceitar mais viver com essa sombra me rondando, esse nó na garganta e esse peso todo nos ombros. Sou mulher, negra, lésbica, periférica, e isso não me faz menos do que ninguém. Continuo sendo um ser humano. Vou conseguir me levantar aos pouquinhos, eu sei! Este vídeo pode não ser a maneira mais eficaz de lutar pelo meu espaço, pela minha voz e contra todo esse preconceito, mas, no momento, é o máximo que consigo fazer. É isso que importa: dar o meu máximo sempre, lutar com tudo contra essa sociedade que marginaliza a mim e aos meus desde os primórdios. Agora, estou começando a falar e ninguém mais me cala!

Ergui o queixo e limpei as lágrimas restantes.

— Nunca mais vou engaiolar dentro de mim tantos sentimentos ruins para reforçar a ideia de estar tudo bem. Não vou mais passar por tanta merda porque sou forte. Não está tudo bem! Não sou forte o tempo todo e meus iguais estão cansados de tentar tirar forças de onde não têm para superar as injustiças que nos acorrentam ao medo e à angústia, dessa forma tão cruel. Sou uma garota de dezoito anos e, definitivamente, não tenho que ser tão resistente a situações de tanto descaso, desprezo e preconceito com a minha existência. Aceitar isso foi meu primeiro passo para nunca mais me curvar, nem permitir que a vida me pise, me despreze, me humilhe ou me machuque, seja física ou psicologicamente. A partir de hoje, ninguém vai ultrapassar os meus limites!

No dia seguinte, já me sentia mais leve. Como é bom vomitar tudo o que me fazia mal. Como é libertador poder chorar e não precisar segurar as lágrimas ou forjar uma força para viver num personagem, porque, na minha condição, sempre é cobrada uma força fora do comum, o tempo todo. Um equilíbrio que, diante da realidade dos meus, é impossível ter. Impossível! Foi bom me sentir inteira de novo.

Mais um dia se passou e precisei voltar à Santa Cecília. Achei que não fosse possível, mas a situação estava ainda pior do que quando saí. Durante o intervalo, todo mundo se juntou no corredor que dava acesso às salas da coordenação e direção para ver o noticiário. Parecia bem improvável um amontoado de adolescentes querendo assistir a um jornal, mas o assunto era polêmico: Santa Cecília. Estavam falando sobre o tal site, em que várias meninas, inclusive eu, postamos vídeos, expondo pensamentos, situações de abuso e preconceito ocorridos dentro e fora da escola. O mais chocante nessa situação, para o terror do Michael e sua gangue de babacas, foi que, por causa desse site, cujo nome fazia referência ao perfil criado no Instagram, chegaram até ele e, dessa vez, não tinha como escapar.

Mais um dia caótico e nada comum nessa escola: a polícia foi até a escola, não apenas questionar a direção sobre a história, mas prender o Michael, que foi retirado algemado do local, depois de uma denúncia, segundo dizem, feita pelos pais da Betina. Não se sabe ao certo o que aconteceu depois disso, mas não vi mais aquele projeto de coisa ruim circulando pelos corredores da escola. Ao que parecia, ele seria julgado pelo crime de pornografia infantil e pedofilia. Estava realmente torcendo para que, pelo menos uma vez na vida, a justiça fosse feita e ele ficasse bons anos preso.

Clarissa

Por Bruna Muniz

A escola está um caos completo, não sei ao certo como chegamos nesse ponto, estudo aqui desde o sexto ano e nunca vi tanta coisa acontecendo ao mesmo tempo. Toda essa confusão está mexendo demais comigo, e gostaria de saber por que, já que a vida dessas pessoas não tem nada a ver comigo. São vadias, garotas tontas, escolhendo fazer o que quiserem, sem pensar nas consequências. Nada acontece sem que você mereça, e, sem dúvidas, elas mereceram. Eu mereço.

Preciso contar a história toda para que as coisas se encaixem, façam sentido.

Estávamos no final do segundo bimestre do ano, logo mais fecharíamos as notas e encerraríamos o semestre com a festa de aniversário da cidade. Particularmente, era a primeira vez que eu esperava ansiosa por essa festa, a primeira vez que poderia ir sem meus pais. Esse momento prometia. As coisas foram ficando intensas na escola de Santa Cecília desde junho, quando um casal da escola teve o término mais coletivo já visto. Todos os membros da escola acompanharam o drama adolescente até o final épico, quando a merda foi para o ventilador. Não fui só espectadora, coisas diferentes aconteceram comigo também, mas não sou desse tipo que tem a vida exposta, não sou dessas garotas que vomitam suas coisas em *stories* de Instagram. Sou das que passam mal em casa de ansiedade e choram até dormir, por conta dos problemas com um professor. Contudo, antes de você ouvir tudo isso, de me odiar ou até concordar comigo, saiba como cheguei até aqui.

O ano começou tenso, porque eu temia um grande fracasso: carregar por um ano inteiro o sentimento de não ter conseguido. Aquele seria meu primeiro ano de ensino médio. Para alguns, as portas da adolescência se escancararam: rolês, festas, amigos, vida on-line a mil. Para mim, como meus pais diziam, era o ano em que os primeiros passos para o sucesso seriam dados. Segundo eles, eu não podia perder nenhuma oportunidade nesses três anos que se iniciavam.

Sempre fui muito aplicada, notas boas, entre as melhores da sala. No ano passado, fiz alguns simulados e duas provas de bolsa de estudos, procurei melhorar meus métodos e segui o conselho de um professor do Youtube, passei a fazer mapas mentais e resumos com imagens. Estudava o conteúdo e elaborava um esquema imagético único. Segui a ideia para cada uma das disciplinas e apliquei diversas técnicas visuais diferentes: colagens, desenhos, *lettering*. Me sentia inteligente elaborando aqueles pequenos pedaços de papel cheios de informação. Aos poucos, as paredes do quarto foram sendo preenchidas com meus resumos e, todo dia, quando revisava o conteúdo, sentia que estava certo. Tudo ia dar certo.

Prestei as provas muito nervosa, ansiosa. No dia anterior, não conseguia comer e nem dormir direito, me sentia enjoada, prestes a vomitar a qualquer momento e, quando o sono vinha, devastador, me prendia em sonhos estranhos em que tudo estava disforme e sem controle. Houve um que lembro bem: estava sentada para fazer a prova, e a fiscal avisou que só poderia sair da sala uma hora após o início. Quando olhei para minha prova, vi que estava de pijama no meio da sala e saí correndo para me trocar, voltei para a prova e, novamente, o pijama estava lá. Fiquei nesse *looping* angustiante até às cinco horas da manhã, quando acordei e desisti de tentar dormir de novo. A angústia maior, entretanto, foi aguardar até o meio de janeiro para os resultados.

Não passei na colocação necessária para as bolsas integrais e fiquei apenas com a consolação de meia bolsa. Isso não era suficiente. Até acredito que tínhamos dinheiro para bancar o restante da mensalidade, mas o olhar de desgosto dos meus pais me impediu de cogitar essa possibilidade. Não merecia esse prêmio de consolação, era tudo ou nada.

O último resultado, do Colégio Independência, era a gota restante de esperança na minha casa e em mim. No dia em que saiu, eu estava com minha melhor amiga e, como tínhamos feito a prova juntas, combinamos de conferir o resultado juntas. Mayra também tinha estudado muito, mas da sua forma. Nunca estudamos juntas. Ela tinha seu método de imersão, mergulhava nos livros e saía deles repetindo termos e tendo decorado magicamente as definições mais complexas. Era o xodó dos professores, sempre sabia a resposta certa, nunca era intrometida e jamais faltava. A garota perfeita e sem esforço, era natural para ela.

Abrimos o site do colégio e entramos na página dos resultados. Estava muito lenta, muita gente devia querer saber como seu futuro seria a partir daquele momento. O segundo nome da lista era o de Mayra, que sorriu de uma forma simples como se já soubesse, como se tudo aquilo apenas fizesse tanto sentido que não havia como não acontecer. Era a primeira vez que ela prestava a prova. Desci o olho até o quarto colocado, pois somente os quatro primeiros teriam bolsa integral. Do quinto ao sétimo seriam bolsas parciais, enquanto os demais seriam convidados a entrar no colégio com apenas dez por cento. Eu era a sétima.

Quando vi meus pais à noite, eles já sabiam. Provavelmente, minha mãe tinha sido a primeira a acessar e mandado para o meu pai o desgostoso resultado. Não falamos do assunto no jantar e, quando fui me deitar, entrei no quarto cheio de resumos e estudos pelas paredes e quis rasgar tudo aquilo, colocar fogo, se possível. Mas só me deitei na cama e olhei para o teto, para o nada, e chorei. Minha mãe entrou no quarto de mansinho e se sentou ao pé da cama, como quem veio consolar, como quem queria contar uma de suas histórias de infância. Disfarcei as lágrimas e escondi o rosto.

— Clarissa, da próxima vez, podemos te ajudar, se quiser. Sei que você vai conseguir. No meio do ano terá uma nova seleção para o colégio de Iporanga. Talvez devesse focar mais em estudar e menos em deixar tudo bonito, usar o tempo de melhor forma. Demora muito para deixar assim, e do que valeu, não é mesmo?

Olhei dentro dos olhos dela, que vagavam pelos papéis pregados na parede. Queria gritar, chorar, mas não podia, nem valeria o esforço. Ela não entenderia.

— Vou tentar, quem sabe a Mayra me explique o jeito dela...

— Ah, é uma ótima ideia, filha. O resultado da Mayra foi muito bom. Que menina incrível, não é mesmo? Os pais dela devem estar muito orgulhosos... E, outra coisa, você não vai tentar, vai conseguir! Repete comigo, Clarissa: vou conseguir!

— Vou conseguir, mãe.

Claro que a convicção de minha mãe e a minha tinham tons muito diferentes. Ela era coordenadora de escola estadual, tinha sido aprovada em, pelo menos, cinco concursos em toda a vida. Nem um dia sequer de trabalho dela foi para outra coisa que não o estado. Aprovada aos dezoito na prefeitura e seguindo até ser o que é hoje, aos quarenta anos. Conheceu meu pai nos cursinhos preparatórios, se viram um no outro, mas não sei dizer se há amor entre eles, só vejo o dinheiro.

Deve soar estranho a filha de dois funcionários públicos precisar de bolsa de estudos e estar em escola pública, mas eles me explicaram que não me dariam a chance de ser arrogante por causa do suor deles, que, se eu quisesse, chegaria longe, mas precisaria mostrar merecimento. Minha casa é um grande palco para a meritocracia. Não somos ricos, e sei que eles só não chegaram mais longe porque não tiveram uma família privilegiada. Tinham menos do que temos hoje, e, mesmo assim, acreditam nessa conversa. Para eles funcionou, não é?

No início das aulas, já sabia que Mayra não estaria comigo e sentia um misto de alívio e preocupação. Não tinha mais ninguém, não falava com mais ninguém. Meu primeiro dia no ensino médio seria apavorante e libertador. Talvez agora pudesse ser a melhor da turma, me destacar, mas também seria a eterna última escolha de times na educação física, eternamente sem grupo, precisando de intercessão dos professores para fazer dupla.

Sempre fui uma pessoa muito invejosa e tenho asco de dizer isso em voz alta, vergonha de mim mesma. Não queria pensar assim, mas acontecia. É o tipo de pensamento que, se você disser em voz alta, não vai sobrar ninguém ao seu lado. Olhava para Mayra e outras garotas da escola e pensava no motivo de terem tudo, e eu, nada. Entenda, *tudo* nem sempre é a vaga na escola particular, às vezes é o olhar dos garotos cobiçando seu corpo, as roupas e acessórios de marca, até mesmo os problemas, dificuldades, deficiências... Quem inveja deficiência?

Sentia que, se tivesse tido a chance de ser diferente, poderia ser mais interessante, ser melhor, e as coisas seriam mais fáceis. Quem sabe se fosse de uma minoria, eu seria especial nesse mundo, teria uma causa, uma turma. Afinal, nesse ano, precisava de um *pessoal*, pela primeira vez não teria a Mayra para me fazer sombra.

Durante o mês de janeiro, passei muito tempo nas casas dos meus avós e tias. Fim de férias, todos os primos juntos, falando sobre tudo. Foi divertido, até chegar no assunto namoro. O mais próximo de um namoro que tive foi Mayra, e não foi um namoro. Digo isso, porque nos falávamos todos os dias, às vezes dormíamos falando ao telefone, íamos juntas ao cinema, e ela me ajudava quando não estava bem com meus pais. Nos conhecemos desde sempre, é a única pessoa de quem sinto saudades quando estou longe, nunca tive outra melhor amiga. Meus primos sabiam disso, conheciam a Mayra, porque ela já tinha ido comigo para um final de semana na casa dos meus avós. Mas, para falar bem a verdade, nunca olhei a Mayra com olhos de amor ou de desejo. Ela é bonita, inteligente, uma ótima amiga, mas a verdade é que tenho quinze anos e nunca tive um *crush*, nunca olhei para um garoto ou garota e quis beijar, namorar. Não via problema nisso até aquele momento, quando surgiu uma verdadeira discussão sobre a minha vida amorosa entre meus primos, e só fui capaz de assistir. Nenhuma palavra saiu da minha boca.

Em resumo, de cinco primos, duas acreditavam que eu era lésbica e namorava em segredo com Mayra, os outros três achavam que eu *comia quieto*, ou seja, já tinha saído com rapazes e não falava nada. Escutei toda a discussão e os argumentos como se buscasse a verdade naquelas palavras, como se eles pudessem me dizer algo sobre mim que nem eu sabia, me mostrar quem de fato eu era. Acho que por isso não consegui negar nenhuma das duas apostas, o que, com certeza, aumentou a curiosidade de todos em saber quem estava certo sobre mim.

Aquela conversa ressoou em minha mente durante muito tempo e passou a estar presente nos meus pensamentos todos os dias quando as aulas voltaram. Tinha consciência de que aquele ano teria um grande impacto para a minha vida, e não só nos estudos, como meus pais diziam. Agora, estava no ensino médio e não mais no limbo entre ser criança e adolescente. Não tinha mais só um pequeno volume nos seios, eles se tornaram mais chamativos. Tinha menstruado pela primeira vez durante as férias, tudo em mim dizia ser esse ano um divisor de águas.

O principal motivo que fez a aposta sobre minha sexualidade se fixar em minha mente no início das aulas foi aquela sensação de estar só e em busca de algo. Senti que era o momento de provar para todos quem eu era e, ao menor contato social, dissecava as possibilidades daquele relacionamento, fosse amigável ou amoroso. Fiquei obcecada em me descobrir como uma pessoa apta a namorar, a ter amigas estilo filmes *high school*, mas o meu tipo sempre foi mais observador do que mão na massa, então perdi as duas primeiras semanas de aula prestando atenção no pessoal, vendo quem já se conhecia, quem andava com quem, e seus comportamentos. Estendi um pouco mais esse olhar para as outras turmas do ensino médio enquanto estávamos no intervalo. Ver todas aquelas pessoas interagindo me colocava para pensar e me enchia de vontade de desenhar. Então, comecei a carregar um caderninho para todo lado e, assim que a vontade batia, rabiscava algo.

Meu primeiro desenho foi de um casal que se beijava no intervalo. Aquela imagem mexeu comigo. Ela era uma garota com curvas suaves, mas o que a tornava linda mesmo eram seus olhos, levemente puxados, emoldurados pelo cabelo escuro. Naquele dia, ela usava muitos acessórios, dando um brilho intenso ao seu rosto. O rapaz era visivelmente mais velho que ela, na verdade, aparenta ser mais velho do que a maioria dos outros estudantes. Os músculos de seus braços marcavam a camisa do uniforme e seus cabelos curtos e escuros lhe davam um ar de provocador. Ao olhar os dois, lembrei a discussão dos meus primos. Por qual deles eu sentia atração? Qual dos dois me chamava mais a atenção? Não sabia, de verdade, mas fiquei hipnotizada por aquela amarração de gente, aqueles beijos que faziam seus corpos se mexerem em busca um do outro, as mãos dançando pelos corpos, até serem interrompidos pelo sinal.

Rabisquei muitos outros alunos naquelas duas semanas sozinha, principalmente nas aulas vagas de projetos científicos. Foram duas aulas em que ficamos, eu e meu caderninho, num canto do pátio. Segundo explicaram, o professor que daria a disciplina estava em processo de contratação e demoraria a chegar, então iniciamos o ano sem supervisão, levando a turma a se dispersar pela escola nesse horário.

Na terceira semana, quando o tal professor enfim chegaria, tive uma das maiores surpresas do ano, meu primeiro *crush* real. Era algo mais forte do que senti ao ver aquele casal se beijando. Logo no primeiro contato, encantei-me tanto pelo físico quanto pelo jeito de agir daquele homem. Foi completamente diferente para mim. Nunca tinha olhado daquela forma para ninguém antes e acreditei, dentro de mim, que era a resposta para a minha pergunta. Afinal, então, eu era hétero. Agora, tinha como me definir no mundo. Esse homem era o professor de Projetos e também daria aulas de Ciências Humanas em outras turmas. Seu corpo não era torneado e musculoso como o do rapaz que desenhei, tampouco seus cabelos eram curtos. Meu professor, na verdade, parecia um misto daquele casal. Tinha traços másculos, mas, ao mesmo tempo, um jeito pacato e simpático, cabelos um pouco mais compridos e uma barba cheia. Nesse primeiro dia, ele se apresentou para nós e contou sobre sua trajetória. Era a primeira vez que assumia a titularidade de uma turma, antes apenas tinha sido substituto por períodos curtos em outras escolas. Sua postura em sala seria mais aberta, como disse, mais horizontal. Não queria que o víssemos como um superior a ser temido, obedecido cegamente, mas como alguém bacana com quem podíamos contar. Quer coisa melhor para se ouvir num momento como o meu? Alguém com quem possa contar!

Fantasiei histórias nas quais o céu era o limite. Via tudo o que havia de bom nessa promessa de aceitação e descoberta de sentir. Passei a desenhar rascunhos do professor, em casa, na escola, em vários lugares, registrando tudo de especial sobre ele. Interagia o máximo que minha timidez me permitia, respondia às perguntas e, mesmo no tom mais inaudível possível, ele me ouvia, sempre. Sentava-me em um dos cantos da sala, abaixo das grandes janelas, na primeira carteira, o que me dava visão geral da sala e do mundo exterior e uma pequena privacidade para meus cadernos, parecia ter minha própria bolha.

A aula de Projetos deveria nos unir em grupos para desenvolver algo em prol da sociedade, algo que nos colocasse a pensar. Foi mais ou menos no meio de março que os grupos foram montados, e, para organizá-los, fizemos uma dinâmica. Alguns assuntos foram escritos na lousa pelo professor, cada um escolheria em segredo o seu tema, mas, antes disso, nos explicou o que cada tema podia refletir, sugestões de aplicação e coisas importantes sobre cada etapa do projeto. Notei sua preferência entre os assuntos, falava com mais paixão sobre o uso da tecnologia enquanto objeto formador do adolescente e da sociedade. Nunca tinha parado para pensar sobre como as redes sociais modificavam a minha vida. Sempre fui muito espectadora e meus perfis quase nunca tinham interação e postagens. Apenas consumia o conteúdo postado pelos populares, seguia alguns canais sobre estudos, desenhos, nem o melhor das minhas férias caía na rede. Então, por sentir que o tema poderia me aproximar do meu *crush* secreto e proibido, escolhi, sem me lembrar, porém, de que outras pessoas também o escolheriam, afinal, era um trabalho em grupo.

Ao nos reunirmos, foi a primeira vez que lembrei de Mayra com saudade, quando fui forçada a interagir com outras pessoas por um tempo prolongado, dando opiniões e me posicionando.

Nosso grupo era o mais eclético possível: um trio, dois garotos e uma menina meio moleca, sem maquiagem como a maioria; as duas amigas inseparáveis, já as havia observado no intervalo e até feito um desenho quando trançavam o cabelo uma da outra; e eu. Descobri que as garotas produziam conteúdo digital sobre maquiagem e *coisas de meninas*. O trio também tinha uma vida on-line ativa, postavam vídeos de manobras de skate e *covers* de algumas músicas de *trap*. Eu era a única que estava no grupo de internet e vida social, sem ter uma presença na internet. Estava ali só para tentar chamar a atenção do professor. Foi por causa desse grupo, super diferente de toda e qualquer interação que escolhi durante a minha vida, que meus olhos foram se abrindo mais para quem as pessoas de fato eram, e não só ao que me ensinaram a ver sobre elas.

Com o passar do tempo, fui identificando melhor cada um dos membros. Caio, Madu e Fernando eram o trio. Caio era o mais atlético dos três, visivelmente o mais habilidoso no *skate* pelo seu porte físico, mas também tinha jeito de ser o mais estúpido. Era calado e quase não tinha expressão quando escutava as outras pessoas, parecia que seus ouvidos estavam lá de enfeite. Fernando, pelo contrário, tinha necessidade de falar, de se mostrar pronto para tudo. Acredito que foi ele quem teve a ideia de postar os vídeos, pois tinha esse jeito prepotente de quem desejava impor seu pensamento e adorava ser valorizado como macho alfa.

E tinha a Madu. Seu corpo, suas roupas, seu jeito todo diziam: *sou lésbica*. Mas eu não acreditava nisso. Ela parecia ter uma relação de amizade colorida com esses dois, e talvez muito mais. Garotas assim se achavam boas demais para ser meninas, colocavam as garotas femininas como inimigas, como péssimas companhias, porque éramos naturalmente rivais. Pois é, talvez fôssemos mesmo, mas não por culpa nossa, e sim dessa forma livre demais de existir, em que as regras se misturam, e pessoas se sentem no direito de, além de serem atraentes e populares, poder se relacionar à vontade com quantas outras pessoas quiserem ao mesmo tempo.

Julia e Bia eram um caso à parte. Para falar a verdade, tinha dificuldade em dizer exatamente quem era quem, pois, além de seguirem em sintonia no comportamento, eram muito parecidas fisicamente, com os cabelos do mesmo tom e o uniforme que não nos permitia acessar qualquer traço de personalidade mais íntimo. Só sabia que elas eram o meu oposto, mas também o oposto de Madu. Éramos quatro garotas muito diferentes. Elas riam de forma divertida quando algo acontecia, eram espertas, mas evitavam falar demais, o que as tornaria arrogantes. São... na medida. Lembram-me um pouco da Mayra, educada, inteligente e sociável. Claro que essas duas eram bem mais sociáveis do que Mayra. Também eram mais bonitas, quer dizer, mais arrumadas, maquiavam-se, usavam acessórios, sentiam-se com postura.

Já nas primeiras aulas, percebi que minha ideia de usar o tema do projeto para saber mais sobre o Gabriel estava funcionando, e comecei a me aproximar dele, me sentir íntima até. Nosso projeto estaria dentro de dois universos digitais super utilizados pelos adolescentes: o Instagram e o Youtube. Ainda tínhamos que definir como executar algo interessante, mas a grande ideia era o uso saudável. Até então, não possuía uma conta no Instagram, porque não me achava interessante o suficiente para postar nada e não tinha tanto tempo para me dedicar a ficar invejando quem tinha. Preferia outros meios de me expressar, como a conta anônima do Twitter, que quase não era seguida, mas me permitia colher informações quando necessário e dizer o que queria quando precisava ou postar meus rabiscos.

Por incrível que pareça, o início do ano não foi tão ruim quanto projetei, tanto em casa como na escola. Meus pais acabaram me deixando em paz depois do evento catastrófico da bolsa de estudos. Não vinham fiscalizar se eu estava estudando mesmo no fim da tarde ou perguntavam qual matéria estava revisando no jantar. Meu pai já não fazia essas coisas por vontade própria, então pouco dele efetivamente mudou. Mas, com esse vazio que operava em nossas relações familiares, consegui perceber outra coisa: o modo como eles se relacionavam entre si. Minha mãe, apesar de trabalhar tanto quanto ele, chegava em casa e seguia uma lista sem fim de atividades: jantar, lavar a louça, dobrar a roupa, preparar marmitas para os dois, organizar a casa e, às vezes, ainda ajudava com algo da minha escola. Na verdade, tudo que eu precisava, quem me atendia era ela. Enquanto isso, meu pai descansava, lia, assistia à televisão.

Conforme as aulas de Projeto corriam, definimos melhor nossas ações. Criei uma conta no Instagram, para entender melhor como funcionava aquele universo. Uma das primeiras pessoas que segui foi Gabriel, claro, junto com os integrantes do meu grupo, para não ficar tão óbvio o meu interesse. Como não queria postar fotos minhas no Instagram, postei alguns dos meus desenhos, e Gabriel curtiu todos. Meu coração parecia explodir.

Foi então que conversamos sozinhos pela primeira vez. Ele me chamou no *direct*, logo depois de curtir os desenhos.

Elogiou-me, disse que eram muito bem-feitos, que eu era muito talentosa e esperta. De início, realmente não sabia como agradecer e continuar a conversa, mas as coisas foram indo, e, mesmo não sabendo como manter o assunto, ele sempre estava lá, comentando algum acontecimento da escola, compartilhando uma postagem de alguém. Às vezes, era algo relacionado ao nosso projeto, depois foram algumas piadas e assuntos aleatórios. Percebi que ele pensava em mim. Perguntei então para Madu se ele também trocava mensagens com ela e fiquei completamente aliviada quando ouvi um não. Conversar com Madu era mais estimulante do que imaginava e, a cada dia que trocávamos mensagens e nos falávamos na escola, mais percebia o quanto a julguei errado. O mesmo aconteceu com Julia e Bia, mas não nos aproximamos tanto.

No feriado de Carnaval, fiquei com minha família na casa dos meus avós. Minhas primas ficaram animadas por eu finalmente estar no Instagram também e postaram uma foto comigo. Depois, mais um monte de fotos nos *stories* de quando fomos à piscina. Alguns colegas delas pediram para me seguir e começaram a curtir minhas fotos e comentar, sempre elogiando meus desenhos. Então, repostei duas fotos, uma de todas nós juntas, tomando sorvete e rindo, e outra na piscina, em que apenas dava para ver meus ombros e cabeça, porque estava dentro da água. Gabriel reagiu às duas fotos e veio com uma conversa de que também queria ter viajado para nadar, mas não podia, porque estava fazendo o planejamento da escola. Ele me enviou um vídeo e nunca fiquei tão nervosa com uma interação. Meu coração palpitava forte e tinha medo de abrir, mas estava curiosa. Aparentemente, era um vídeo com limite de visualização, porque apareceu de forma diferente na conversa. Abri-o.

No início, ele mostrava papéis e um computador com um arquivo de texto aberto, eram planejamentos escolares, de fato.

Então, ele moveu a câmera e mostrou um espelho lateral onde estava o reflexo de seu corpo, em pé, sem camisa, com uma bermuda jeans. Mas não vi seu rosto. Ele deu um zoom rápido no reflexo e cortou o vídeo. Não durou mais do que dez segundos, mas fez minha mente girar. Parecia que tinha imprimido todos os detalhes daquele evento atrás de meus olhos. Seus ombros, tórax, barriga, as pernas cobertas de pelos e com alguns músculos bem desenhados... Demorei a processar e conseguir enviar uma resposta certa. Um lado meu pedia para repelir aquele contato e o outro pedia por mais. Era uma atenção da qual não estava acostumada, era uma imagem que jamais eu tinha recebido de alguém. Por mais que fosse apenas o peitoral de um cara, ninguém nunca tinha me enviado algo assim, feito para mim.

Gabriel, percebendo a minha demora, mudou de assunto e perguntou-me mais sobre o final de semana, o que fazíamos ou planejávamos. Foi mais fácil responder. Conversamos bastante naquele dia, até a hora em que saí com minhas primas e deixei o celular recarregando. À noite, quando voltei, meu celular estava cheio de notificações. Metade eram mensagens do Gabriel e a outra metade estava dividida entre avisos de pessoas começando a me seguir, uma ou outra reação das fotos das minhas primas e algumas curtidas nos meus desenhos. Mas, sem dúvidas, as mensagens do Gabriel foram as que mexeram mais comigo.

18h02: Ei, você está ficando famosinha nas redes para quem disse que nem gostava, hein?

18h05: Nossa nem vai falar comigo mais? deve estar ocupada com seus novos seguidores.

18h20: Só porque postou foto de biquini os garotos estão te seguindo agora. Vai lá com seus novos amigos, vai.

18h30: Desculpa, me exaltei sem motivo. Não sei o que deu em mim. Me responde aí, vai.

19h02: Clarissa, sei que não devia ter falado aquelas coisas, mas você não me respondia e entrei no seu perfil, vi mais seguidores do que antes, e fui olhar quem te seguiu. Vi uns garotos novos e pensei besteira. Esses garotos só pensam em pegar as novinhas. Foi mal, espero não atrapalhar nossa amizade. Você é uma garota muito especial.

Li as mensagens com o coração palpitando, parecia pular no meu pescoço. Não sabia como responder, nem o que pensar. Por que aquelas pessoas tinham me seguido? Na verdade, não tive nem tempo de checar quem eram. Fui ver e percebi que eram três amigos das minhas primas, que vimos quando estávamos na sorveteria, e me seguiram por ter me conhecido e visto meu perfil marcado no *stories* delas. Ok, fácil de entender. Mal compreendi a situação toda e meu celular vibrou novamente, era Gabriel:

Você leu. Está online. Podemos conversar?

Fiquei nervosa de imediato, mas enviei uma resposta:

Eu: *Oi! Desculpa. Saí sem o meu celular, ficou carregando. Não sou muito ligada em carregar ele e deixei em casa... Desculpa não ter respondido.*

Gabriel: *Devia ter imaginado isso...*

Senti que ainda estava um tanto chateado. Não soube bem como continuar.

Eu: *Poxa, me assustou com essas mensagens. Fui doida ver quem estava me seguindo. Achei que tinha algo errado até, mas são só uns amigos das minhas primas que tomaram sorvete com a gente hoje à tarde.*

Para quem queria conversar, pareceu que havia perdido completamente o interesse. Recebi apenas mais uma mensagem:

Hum...

Ainda tentei puxar assunto depois, mas Gabriel me deu um gelo supremo, não respondia, nem visualizava. Senti-me mal, porque tinha a atenção dele e estávamos conversando tanto nas últimas semanas que me apeguei mais. Perder a atenção dele seria muito difícil. O final de semana de Carnaval acabou, voltei para casa, e só o veria novamente na segunda-feira, dali a quatro dias. Precisava manter contato antes disso, seria estranho demais vê-lo na escola com esse climão todo. Nesse momento em que decidia se mandava uma mensagem ou não, surgiu um *story* dele, uma foto em um barzinho, dois copos e uma cerveja. Em menos de um minuto, outra foto, uma menina abraçada nele. Joguei o celular longe e me lancei no travesseiro. Já era de se esperar que isso fosse acontecer. Afinal, ele era meu professor, mais velho, e fui idiota de não responder, de conversar com outros garotos, deixei ele escapar...

Minha mãe tinha vindo me buscar, estava na sala com a minha tia e conversavam baixinho. Ouvi algo sobre depressão e aborto, mas não conseguia escutar direito. Minha tia demonstrava preocupação com a minha mãe, parecia que ela não estava bem. Falaram algo que realmente me assustou, como tinha sido difícil a história do aborto e o meu parto... Minha mãe tinha tentado me abortar? Tentei ouvir melhor de onde estava. Percebia que eu não era a coisa mais importante para o meu pai, mas para minha mãe também? Não quis lidar com aquilo, deixei quieto, afastei do meu pensamento o máximo que pude. Na verdade, até sabia que, na época, a gravidez não foi bem planejada. Algo tinha acontecido antes disso, mas ninguém falava sobre, nem mesmo ela. Alguma doença talvez.

Na volta para casa, não toquei no assunto. Não ia dizer para minha mãe que tinha escutado a conversa, precisava esquecer isso, mas percebi que essa informação me afetava demais. Não conseguia me concentrar em nada mais. Volta e meia sentia como se perdesse o controle de mim mesma, a cabeça ficava bagunçada, escutava meus pensamentos como se fossem um eco, e aquilo me apavorava. Perdia o fluxo da respiração, meu coração batia mais rápido e não conseguia segurar nada nas mãos, muito menos me acalmar.

Em um desses eventos, lembrei-me claramente de quando era criança e tinha episódios assim, mas, na época, me apavorava com uma enorme boca que flutuava no ar e me ditava palavras que não conseguia acompanhar. Às vezes, a voz ficava em câmera lenta e isso me deixava tensa, outras vezes, quem estava lenta era eu e a mão não acompanhava nem a minha cabeça e nem o ditado. Aqueles episódios se tornaram cada vez mais frequentes depois do feriado, e eu não sabia como lidar e nem como contar que aquilo estava acontecendo. Na infância era mais fácil, acontecia à noite antes de dormir ou logo após adormecer, então, não passavam pesadelos que rapidamente eram solucionados com a ida para a cama dos meus pais e algum chá feito por minha mãe. Ela, que nunca foi muito religiosa, rezava comigo, a fim de que o mal estar passasse.

Como não via razão pela qual rezar, tentei outras coisas e, no fim, o que me ajudava eram meus desenhos ou colagens. Colocava toda a bagunça da minha cabeça para fora. Cada vez que uma crise vinha, tentava controlar pondo o grafite no papel, riscando, cortando, colando. Depois, até achava graça das coisas que eu fazia. Algumas pareciam bem estilosas e passei a colar nas paredes junto dos mapas de estudos. Aos poucos, os resumos iam sumindo e os desenhos faziam uma grande colagem de mim nas paredes.

Na segunda-feira seguinte ao feriado, quando tive aula de Projetos, fiquei na expectativa de ver Gabriel e saber se tudo estava bem, mas ele não foi trabalhar. Uma professora substituta assumiu as aulas até o fim do mês, quando ele retornaria da licença saúde. A frase *licença saúde* ecoou na minha cabeça durante o resto do dia. Ninguém sabia o que podia ter acontecido com ele. Conversei com Madu, e ela achava que ele devia ter exagerado no Carnaval e ficado doente ou tinha pegado uma DST. Pedi para parar de bobagem, pois podia ser algo sério. Então, ela olhou nos meus olhos e riu, divertindo-se. Depois, estreitou os olhos e perguntou:

– Você está a fim dele, é? Que clichê, Issa!

Só a Madu para me chamar de Issa. Era uma piada para ela, mas eu realmente estava fora de controle e me sentindo culpada. E se ele exagerou, por ter ficado mal depois do que aconteceu? Teria sofrido um acidente? Precisava tanto falar com ele. Nas semanas em que nos aproximamos, ele sempre tinha algo bom para me dizer, me animava, me defendia quando as garotas da escola diziam ou faziam algo contra mim. Me convencia de ser melhor do que elas, mais inteligente, mais bonita. Dar bola para as opiniões delas era besteira, pois ele estaria ali para mim, sempre. Contudo não estava mais.

Estava tão sozinha naquele ano, tão carente, que ouvir o quanto eu era especial, o quanto ele achava minhas ideias e desenhos interessantes, me fazia sentir bem, importante. Nas aulas dele, quando explicava sobre as pessoas, o pensamento e as relações, me dava a sensação de me entender. Estava tão envolvida naquele sentimento de me sentir valorizada que achava fofo quando ele me perguntava tudo sobre o meu dia. "Quero saber onde você está em cada minuto, desde a hora que acordar até a hora de dormir. Tudo o que fizer me importa", foi a mensagem que ele me mandou algumas vezes quando eu dizia não ter nada para contar.

Na volta para casa, fui atualizada de muitas coisas além do paradeiro de Gabriel. Minha mãe estava transtornada, não falava com ninguém direito e nem sequer me perguntou algo sobre a escola ou o final de semana na minha avó.

Não era muito normal ver a minha mãe a ponto de surtar, pois tinha um jeito muito controlado, sempre conseguia que as coisas corressem como o planejado, mas, agora, estava evidentemente cansada. Havia tido um dia difícil no trabalho, ou melhor, um mês caótico. Parecia que alguns alunos tinham formado um tipo de gangue dentro da escola e estavam assediando professoras na saída da aula. Cercavam e riscavam seus carros, diziam coisas obscenas, como se aqueles nomes fossem elogios, como se despertar aquele sentimento selvagem neles fosse proposital e desejado e a mulher tivesse culpa pelas asneiras que saíam da cabeça deles.

O problema da minha mãe, entretanto, não era só esses garotos que pareciam incontroláveis, mas o corpo docente e a direção pareciam estar em guerra por causa desses acontecimentos. Parte deles acreditava que a polícia deveria ser envolvida, mas essa parte era muito pequena, composta apenas das três professoras que já haviam sofrido com esses assédios e duas outras, solidárias às colegas. Isso em um grupo de mais ou menos vinte e cinco professores.

De início, também não entendia muito a situação que minha mãe enfrentava na coordenação da escola, também via certa culpa nas professoras. Agora percebo, minha mãe também via, porque toda e qualquer informação sobre esse ocorrido vinha dela, afinal, não houve uma reportagem sequer sobre o assunto. Quando a primeira professora trouxe a queixa para minha mãe, ela falou o jantar inteiro sobre como a fulana gostava de ir trabalhar toda maquiada, com roupas chamativas, jeans justos e não usava o tal guarda-pó, aquele avental estranho que alguns professores usam. Reproduzi muitos desses pensamentos na escola, na vida. Não quer que mexam com você? Ande o mais invisível possível. Eu andava. Era com toda certeza uma das alunas mais sem graça da escola, por natureza e por não querer chamar essa atenção para mim.

Com a segunda professora assediada, a situação se repetiu. Culpa dela que, além de bonita, se esforça demais para ser agradável com os alunos. Até então os alunos nem tinham sido chamados para conversar, porque não foi em horário de aula, não foi dentro da escola, não foi culpa deles. Mas, quando aconteceu pela terceira vez, mexeu um pouco mais com a minha mãe. Além desta terceira professora contar com o suporte das duas anteriores ao prestar queixa com a coordenação e a direção da escola, afirmou que procuraria também a polícia. Acredito que não tenha sido a ameaça a virar uma chavinha na cabeça de minha mãe, e sim as conversas que teve com essas professoras. Quando ela se colocou, de fato, para escutar os acontecimentos. Assim, decidiram marcar uma reunião na semana de planejamento, ou seja, após o Carnaval, com todos os professores para discutir o ocorrido. Nessa primeira reunião, vieram os vinte votos contra cinco.

No entanto as professoras não se aquietaram, foram em busca de mais força e, quando conversaram com outros funcionários, viram que esses garotos estavam assediando mulheres além das professoras, a equipe de limpeza, inspetoras, estagiárias. Todas caladas, porque não se sentiam no direito de abrir o jogo. Eram ações menos agressivas, porque eles estavam dentro da escola, mas ainda assim eram importunações. Uma das auxiliares de limpeza chegou a relatar ter recebido um tapa na bunda. Minha mãe tentou recuperar algumas gravações, mas não conseguiu. Dessa forma, chegamos à revolta dela naquele fim de semana.

Esses eventos foram entrando na minha cabeça e me fizeram pensar um pouco mais sobre o mundo onde eu mesma não pegava um ônibus de bermuda, muito menos de short ou saia. Lembrei-me de quando fui de ônibus para o cinema e levei a roupa na bolsa para me trocar, porque não me sentia à vontade em sair de ônibus daquele jeito.

Sem dúvidas, março foi um mês intenso para mim e minha mãe, e abril não seria diferente. Engraçado era que meu pai pouco se manifestou ou demonstrou interesse sobre ocorrido. Percebi que cada vez menos o encontrava em casa, cada vez menos estava jantando com a gente. Foi uma grande surpresa quando nos avisou que iríamos jantar na casa de um colega de trabalho no fim do mês.

Toda a confusão da minha casa tirou um pouco da minha atenção sobre o Gabriel, porque eu era a única escuta que minha mãe tinha em casa, e aquela situação pareceu muito importante para ela, e para mim também, não sei exatamente como, mas foi. O embate que minha mãe teve que enfrentar na escola nos uniu durante um tempo, mas não transformou minha mãe numa pessoa melhor só por ter sido obrigada a enfrentar uma situação difícil. Ainda tínhamos nossos altos e baixos, principalmente quando o tema eram as minhas notas e o desempenho escolar. Para ela, sempre era necessário melhorar, estudar, mas não era tão importante que eu desenhasse, tivesse qualquer momento de lazer ou descanso. Tínhamos discussões sérias aos finais de semana, quando Madu, Bia ou Julia me chamavam para sair, fosse para um sorvete ou o shopping. A mais pesada de todas foi no final de semana em que fomos jantar na casa do colega do meu pai.

"Não dava para ser um dez?" Foi a única coisa que ressoou em minha mente o dia todo depois de ontem. Eles tinham o dom de me tirar qualquer vitória. Tinham a mágica necessária para minguar qualquer coisa boa que saísse de mim. Mesmo assim, a cada dia estou aqui, tentando de novo, mostrando como posso ser boa, a melhor.

E tudo começou no jantar, aquele na casa de um colega de trabalho do meu pai, minha mãe se gabou a noite toda de minhas notas, das atividades extracurriculares, de toda e qualquer baboseira que eles me colocaram para fazer, para seguir o padrão de qualidade Gomes. No jantar, meu pai, normalmente por fora de tudo que acontecia em minha vida, parecia um pai maravilhoso.

É até difícil entender como ele podia saber tão pouco sobre mim, já que minha mãe insistia em tecer relatórios semanais às sextas-feiras, quando, por um milagre, estamos todos na mesa para o jantar. Não sei se ele apenas a ignorava ou se deletava as informações que não lhe trariam retorno financeiro. Contudo, no jantar, ele pareceu tão interessado em mim, tão presente. Os dois pareciam até pais de verdade. Pena ter durado pouco.

Quando saímos da casa, os pais legais e atenciosos foram abduzidos de volta e os meus retornaram ao corpo, voltaram a falar sobre toda e qualquer coisa que pensavam ser útil, reclamaram sobre noite que acabamos de ter. Nada nunca era o suficiente. E dentro das reclamações, minha mãe me lembrou da prova que eu teria na quinta-feira seguinte e começou a contar sobre sua época de escola, como tinham dificuldades, como os professores eram rígidos e como ela se destacava entre todos. Era imprescindível ser a melhor. "Todo o aprendizado ficará com você para sempre, conhecimento é a única coisa que ninguém te tira".

E tudo que eu já aprendi? Um dia vou poder esquecer? Terei essa dádiva de esquecer vocês e sumir daqui? Era o que pensava, enquanto ela fazia sua cena de filha exemplar. Sempre usei a escola como refúgio. Aulas, atividades extras, todo e qualquer projeto, eu estava lá. Parecia engajamento, mas era fuga. Parecia perfeição, mas era medo. Medo de não ser o suficiente e, pior, de ouvir isso deles. Uma pena perceber só agora.

A prova de História aconteceu, e por mais que tivesse devorado os livros, tirei oito. Dois dos meus apontamentos não foram validados pelo professor e perdi metade dos pontos da questão, mas tudo bem, de fato, não me expliquei bem, não entendi o argumento central. Dois pontos não são nada perto do desespero de mais da metade da sala que tirou menos que a média. Esse fato dificultava fazer amizades novas, pois todo mundo estava despreocupado com os estudos, e ter uma amizade assim não era aprovado em casa, principalmente se fosse uma pessoa que saísse muito, tivesse uma vida social agitada, porque, para meus pais, aquilo era errado. Nada vinha dessa satisfação sem motivo, tudo deveria vir do sacrifício, do suor, porque a vida era isso, trabalhar muito para poder viajar, sofrer com gente mesquinha do trabalho para poder ter algo caro do que se gabar. Prazer era uma coisa muito pequena para os Gomes.

Mesmo tendo recebido a nota no dia seguinte à prova, ainda não tinha contado a eles, e já imaginava qual seria a recepção. Mal sabia eu que teria mais a me preocupar do que com a opinião de meus pais sobre a nota. Entrei na aula de Projetos e vi Gabriel.

O professor explicou rapidamente o motivo de sua ausência, uma queda de moto que tinha fraturado seu pé, e precisou de repouso completo. Agora, estava tudo bem. Ele estava de volta. Retomamos os projetos, e Gabriel foi até nossa mesa para saber sobre o andamento das nossas atividades. Ficou atrás de mim e tocou em minhas costas durante todo o tempo que esteve ali. Congelei, meu coração disparou e, realmente, fiquei muito confusa. Ele tinha me dado um gelo tremendo desde o Carnaval e agora estava ali, acariciando minhas costas, cheio de sorrisinhos.

No intervalo, recebi uma notificação dele e temi que, se não respondesse, o perderia de novo.

Gabriel: *Clarissa, você estava muito bonita hoje na aula. Está diferente, parece até mais moça.*

Eu: *Achei que não quisesse mais falar comigo...*

Gabriel: *Ah, vamos deixar isso para lá. Fui bobo, mas tem algo que precisava te dizer... Você é uma garota muito inteligente e especial, toda inocente e meiga, e, quando vi aqueles garotos, que com certeza iriam se aproveitar da sua bondade e do seu jeito para ter o que quisessem, fiquei irritado e descontei em você...*

Conversamos muito naquele dia. Dormi pendurada no celular depois de passar metade da madrugada falando com Gabriel pelo Instagram. Foi a primeira vez que alguém me pediu uma foto. Ele disse estar com saudade de ver meu rosto, então mandei uma *selfie*, apenas do meu rosto e um pequeno pedaço do meu ombro em que dava para ver a alça da minha camisola e uns detalhes do tecido. Foi o suficiente para minha roupa virar sua obsessão. Me fez descrever o que vestia em detalhes, como era a minha cama, meu quarto, pediu mais fotos, disse querer ver melhor a estampa da minha camisola. Pensei em dizer não, mas temi ser motivo para deixar de falar comigo novamente. Mandei, tentei não deixar meu rosto aparecer. Meus seios marcavam bem embaixo do vestido e meu quadril também parecia ter mais forma. Ao enviar, senti-me culpada, tive medo, mas a recepção dele foi fofa. Não falou nada sobre meu corpo, elogiou meus desenhos que apareciam no reflexo do espelho e continuamos a conversar sobre ele.

Parecia muito interessado em falar sobre os próprios gostos, sobre como precisava se sentir confortável para dormir, como tinha organizado seu quarto para ser seu refúgio. Contou como o tinha decorado, instigando minha curiosidade. Por fim, falei a coisa mais tola que seria possível: "Seu quarto deve ser bem incrível". Em seguida, recebi uma foto, tinha uma vista geral do quarto, dos quadros na parede, mas também de seu quadril, sua cueca que mostrava um volume pronunciado, das pernas à mostra, cobertas de pelos, com os músculos da panturrilha bem desenhados, mesmo estando relaxado. A foto fez meu coração bater mais rápido e um sentimento eufórico me dominou, uma queimação na barriga. Eu estava excitada?

Gabriel conduziu o restante da conversa de forma que não precisei comentar mais nada sobre a foto. Ele sabia o efeito causado. Naquele ponto, ele já sabia tanto de mim, me explicava coisas, me aconselhava, era a primeira e a última pessoa com quem falava nos meus dias. As fotos contendo mais do que prometiam passaram a ser comuns da parte dele. Evoluíram devagar, primeiro eram fotos insinuando que ele estava nu, como reflexos de espelho em que não se via o lugar onde a roupa deveria começar, e logo deixaram de ser tão discretas, pequenos fragmentos apareciam, até que ele me enviou uma foto realmente nu.

Já não me lembro de qual foi a desculpa inventada para a foto, afinal, toda troca de fotos tinha uma historinha por trás, uma desculpa, um pedido. Nesse dia em que vi seu corpo inteiramente nu, precisei enviar algo também, mas não conseguia me colocar nua em frente ao espelho sozinha. Fiz o melhor que pude para não desapontar. O espelho era nossa assinatura, quase sempre aparecia para esconder ou revelar algo. Dessa vez, ele revelou um de meus seios de perfil e minha bunda, fiquei de costas, pois não queria ver o que fazia.

Durante todo esse tempo em que conversávamos intensamente, eu só colocava foco nas partes boas: quando ele era gentil comigo, me ajudava ou me mostrava ser corajosa, empoderada, autossuficiente, quando afirmava que nenhuma das garotas da minha sala era tão especial quanto eu, e, se não se aproximavam de mim, era por inveja, ciúme do meu jeito, do meu corpo. Normalmente, ele me elogiava assim, me comparando com outras pessoas. Lembro-me de como falou das minhas primas de biquíni, que eram exibidas, queriam chamar a atenção dos rapazes, enquanto eu estava certa em me guardar para algo especial.

Gabriel também tinha um lado que eu não entendia, um lado explosivo às vezes. Se irritava com coisas pequenas, como no dia da foto de biquíni, quando os amigos das minhas primas me seguiram, ou quando me viu conversando sozinha na escola com Caio e Fernando, os únicos meninos com quem eu tinha algo a falar, mesmo que apenas sobre o trabalho ou para perguntar sobre a Madu. Demorou a falar comigo depois disso. Foram uns quatro ou cinco dias sem nenhuma palavra sequer. Ignorava-me como se fosse nada. Senti-me muito mal, não entendia bem o que eu estava fazendo de errado para deixá-lo desapontado, e só descobri quando ele mesmo me pediu para ser mais cuidadosa com minhas amizades, mas, depois, não tocou mais no assunto, mesmo porque me certifiquei de que não ficaria sozinha com mais nenhum garoto. Isso até as coisas mudarem de vez entre nós.

No início, foi muito difícil aceitar que tudo estava indo mal, que estava me machucando, porque eu não via, não entendia. Gabriel foi minha primeira paixão, minha primeira atração física, e ainda fui correspondida... acho. Segundo Madu, fui apenas enganada, mas só falamos disso perto do fim. Só tive coragem de falar em voz alta sobre minhas dúvidas, sobre o que sentia, quando tudo já estava uma bagunça muito grande. Essa bagunça estava por todo lado, como se a nossa cidadezinha fosse um chamariz para as coisas ruins: minha mãe com os alunos assediando as professoras, situação que se arrastava há mais de três meses, eu me enfiando nesse relacionamento, no mínimo estranho, e outras histórias que soube mais tarde e também se deram nesse mesmo período.

Meu rendimento na escola caiu e, quando meus pais souberam, tentaram me ajudar com suas frases motivacionais, com regras mais rígidas de uso de celular e computador. Minha mãe os tomava depois do jantar e só os devolvia no dia seguinte. Dizia garantir que isso me fizesse estudar um pouco mais e dormisse cedo. Assim, minhas conversas com Gabriel foram minguando. Ele não me respondia quando eu mandava mensagem, às vezes nem olhava para mim na sala de aula.

Como esses gelos eram comuns por uns cinco dias, no máximo, aguardei ansiosa pelo momento em que retornaria, mas não aconteceu. Comecei, então, a buscar motivos para isso. Tinha outra garota? Fucei em seu perfil, nunca tinha feito isso. Espantei-me com a quantidade de meninas e reconheci alguns rostos. Julia e Bia estavam entre eles, e outras contas, uma em especial chamou minha atenção, denominava-se "As vadias de Santa Cecília", uma conta fechada. Não entendi do que se tratava e pensei em perguntar a Madu quando a visse na aula.

Na segunda-feira seguinte, Gabriel me procurou logo na entrada do colégio, disse que precisava falar comigo e me esperava no ginásio no intervalo. Uma alegria me consumiu, ele estava de volta, estava tudo bem. Fiquei tão empolgada que me esqueci da conta do Instagram. E, quando vi Madu, estava tão alegre e eufórica que ela precisou saber o porquê.

— Madu, se te contar, você, por favor, guarda segredo?

— Mas é óbvio! Conta logo o que aconteceu.

— Estou gostando de um rapaz e acho que ele gosta de mim. Estamos conversando desde o início das aulas e, hoje, ele disse ter algo para me falar. Vamos nos encontrar no intervalo.

— Issa! Não acredito! Quem é esse garoto? Me conta tudo.

— Não posso ainda, mas te conto quando puder. A gente conversou apenas no Instagram e ele não quer tornar público que temos algo... mas ainda não tivemos nada de verdade, sabe? Nunca nem beijei... Estou tão nervosa! E se ele quiser ficar comigo de verdade?

— Ué, você fica. — Ela riu alto. — Mas por que ninguém pode saber sobre vocês? Está flertando com o namorado de outra, Clarissa?

— Claro que não! Acho que não... Não, Maria Eduarda!

Madu me perturbou o primeiro período inteiro querendo saber quem era o garoto, e prometi contar depois do intervalo, se tudo desse certo.

Fui encontrar o Gabriel no ginásio. Tentei ser o mais discreta possível quando caminhei em direção ao grande portão de metal, já entreaberto. Imaginei, então, que ele me esperava. Entrei, e meus olhos demoraram um pouco até se acostumarem com a falta de luz, mas não o vi de início. Procurei por ele atrás das arquibancadas, perto dos armários onde ficavam as bolas, achando ter me atrasado ou feito algo que o fizesse ter mudado de ideia. Senti meus ombros caírem, mas ouvi um som vindo do banheiro masculino. Voltei-me para o lugar de onde vinha o barulho e vi uma silhueta se mover, era Gabriel, discretamente fazendo sinais para me aproximar.

Entramos no banheiro masculino e ele encostou a porta, me conduzindo mais para o fundo do cômodo. Na parte de trás havia um antigo vestiário desativado, com chuveiros quebrados e baias. Sentia um misto de medo e curiosidade. Precisava saber o que ele tinha para me dizer depois de tantos dias sem nos falarmos. Enfim, ele quebrou o silêncio, dizendo sentir-se aliviado por eu ter vindo e perguntou se tinha, de fato, tomado cuidado para não ser vista. Assenti com a cabeça e perguntei o que precisava me dizer e por que tinha ficado tanto tempo sem me responder. Gabriel avançou sobre mim, prensando-me contra a parede de uma das baias. Beijou-me com fúria e lançou suas mãos sobre meu corpo, tocando em partes que nem mesmo eu havia tocado direito ainda, nem eu sabia serem capazes de produzir aquele efeito.

O sentimento dentro de mim era um misto de pânico e confusão. Sentia que teria uma crise a qualquer momento, sentia o controle de tudo sair de mim, mas, então, foquei por um último momento e reagi, meio de forma automática. Não sei exatamente como, mas, quando ele afrouxou a mão que me prendia entre ele e a parede, forcei seu corpo para longe do meu, recuperando o ar e tentando pensar.

A primeira coisa que Gabriel disse quando o recusei, me chocou ainda mais:

— Você está louca? Vem aqui, preciso de você.

Seus braços me envolveram novamente. Quando lhe contei nunca ter beijado alguém, muito menos aquele tipo de beijo, sorriu delicado e disse para não me preocupar com isso, pois tinha sido muito bom. Sentia-me indisposta, o cheiro do banheiro e toda aquela situação me deixava tonta, sentia o mundo girar e que perderia a consciência a qualquer momento. Ele contou planejado tudo para que pudéssemos ter mais tempo juntos e continuou a me tocar, segurar meus seios e beijar meu pescoço. Respondi, então, que precisava ir, não estava me sentindo bem, precisava de ar. Tentei caminhar em direção à porta, mas ele segurou firme meu braço e disse que não.

Sua voz entrou em meus ouvidos e me destruiu um pouco mais. Quando voltei meu olhar para ele, já não via o meu Gabriel, aquele que fantasiei e nutri ilusões por semanas, meses, desde que o conheci. Vi um homem qualquer, me encarando sério e possessivo, pressionando meu braço com força e olhando dentro dos meus olhos, como se visse minha alma por dentro, queimando tudo de vivo que habitava lá.

— Clarissa você não vai sair daqui e abrir a boca sobre isso. Não vem dar uma de santa agora. Eu te quero, e você também me quer. Nada disso é brincadeira. Você sabe.

Aproveitei o momento para soltar meu braço de vez. Respirei fundo e quis dizer que não o queria mais e que ele agia como um monstro, mas ele me beijou novamente e tornou a me alisar. Paralisei. Então, ele colocou minha mão em suas partes, dentro da roupa. Senti o calor e, aos poucos, saí do meu corpo. A cada beijo, apertão, toque, me distanciava mais, como se me abandonasse ali para não saber onde tudo acabaria. Sabia o que ele queria de mim naquele momento, e poderia ter tido, não fosse o toque do sinal do intervalo.

Como mágica, o alarme desligou a fera que havia dentro dele. Endireitou a coluna, ajustou a cueca dentro da calça, fechou o zíper, arrumou a camisa, voltou seu olhar para mim, ameaçando:

— Tenho planos para nós amanhã. Não esquece que aqui estamos os dois em jogo. Se contar para alguém, posso perder meu emprego, mas você também tem algo a perder com isso. Guardo tudo que você me manda...

Ele saiu do banheiro, caminhando como se nada tivesse ocorrido, como se ainda estivesse tudo bem. Não tinha tempo de me abalar agora, não podia perder a aula seguinte, mas estava visivelmente perturbada, mal, com nojo de mim, com vergonha de toda essa história. Saí desorientada do ginásio e trombei com Madu. Ela vinha me procurar, pois o professor Gabriel mandou me chamar na sala e, como eu não estava, aconselhou me procurar, pois eu podia estar passando mal.

— Issa, o que aconteceu? Ainda bem que o professor veio te procurar na sala ou poderia não te achar...

— O que ele quer comigo? Te disse para me encontrar aqui?

— Ué, não. *Você* me disse que ia encontrar alguém aqui, lembra? O que te aconteceu? Fizeram algo com você, Clarissa? Te machucaram?

— O que o Gabriel queria comigo na sala, Madu? — Exaltei-me, pois não fazia a menor lógica ele me procurar na sala de aula.

Estaria preocupado comigo? Então, como um raio, tudo ficou claro. Estava disfarçando caso eu falasse algo. Tentava cobrir os próprios rastros.

— Clarissa, calma, ele veio trazer o projeto revisado, só isso. Agora, me conta o que te aconteceu? Mexeram com você? Não era o garoto, não é? Te pregaram uma peça, amiga?

Desabei a chorar, não pude conter. Chorei de soluçar ali mesmo, no chão do pátio. Madu sentou-se ao meu lado e esperou que me acalmasse. Demorou um pouco até voltar a respirar melhor e retornarmos à sala de aula. Pedi à professora para me deixar ir à coordenação. Ela viu meu rosto inchado e só acenou, liberando. Perguntou-me se queria que Madu me acompanhasse. Neguei e segui sozinha. No caminho, passei em frente à sala dos professores, e Gabriel estava lá. Ao me ver, fechou o semblante, o sorriso desmanchou-se em ódio. Não fiquei observando seu olhar, suas expressões, somente segui em frente. Bati na porta da coordenadora e fui recebida com um ar de surpresa. Ela me pediu um minuto, pois estava em uma ligação. Gabriel chegou logo atrás de mim e, mal a mulher depositou o telefone na mesa, usou sua voz mais séria e preocupada, pedindo para que o acompanhasse e visse um alvoroço que estava acontecendo no corredor do terceiro ano. A coordenadora pediu-lhe um segundo e se virou para mim, perguntando o que eu precisava. Olhei para Gabriel, que tinha no rosto um misto de agonia e ódio, e disse:

— Preciso ligar para a minha mãe, por favor. Estou passando muito mal.

Ao me ver de olhos inchados, minha mãe só me abraçou. Já esperava sua enxurrada de perguntas, mas aquele abraço foi acolhedor. As perguntas, óbvio, vieram, mas as evitei um pouco no caminho de casa. Não falei nem olhei em seus olhos. Tive medo de sua repreensão, de me culpar e não me entender. Temi perder o que restava de seu amor. Estava sozinha, outra vez, e não queria ficar para sempre na solidão, não me conectar, não me entender. O que Gabriel fez comigo nesse dia me desestabilizou. Tinha visto nele alguém que ele não era? Sentia algo que ele não merecia?

Minha mãe, antes de voltar para o trabalho, sentou-se ao pé da cama, da mesma forma que fez quando recebi o resultado da prova da bolsa. Naquele dia, eu era uma pessoa completamente diferente de hoje, com preocupações e ansiedades muito diferentes. Como mudei tanto por alguém assim?

Minha mãe olhou as paredes do quarto novamente, não tinha mais nenhum resumo, nenhum mapa mental ou qualquer coisa sobre estudo. Restavam apenas meus desenhos, alguns abstratos, outros realistas. Tudo o que eu sentia ali pendurado nas paredes. Sem dizer nada, levantou-se e pegou um dos desenhos, uma pintura em aquarela cheia de tons de vermelho, sentou-se de novo e me elogiou.

— Filha, se você não quiser dizer o que tem, eu entendo. Estamos passando por maus momentos aqui em casa, e quando você era menor as coisas eram diferentes, melhores. Não tem sido um relacionamento muito fácil, não sou fácil... Mas quero te ajudar, quero estar com você, por você...

Sentei-me na cama e contei à minha mãe que sabia sobre a tentativa de aborto, sabia que minha vida não era tão estimada. Contei que soube sem querer, ouvindo as conversas dela com a tia um dia. Guardei aquilo em mim por bastante tempo e, não sei por que, dentre tudo que precisava falar, mencionei isso, fazendo minha mãe chorar também.

— Antes de ficar grávida de você, Clarissa, tive um aborto natural, não provocado. Tinha vinte anos e não estava com o seu pai. Tinha um namorado na época do colégio, era apaixonada por ele, de verdade, sabe? Estávamos juntos há pouco tempo, mas nos conhecíamos de quase a vida inteira. Quando descobri a gravidez, fizemos planos, procuramos uma casa, era uma vida que eu tinha sonhado. Estava na faculdade e trabalhava já na prefeitura, seria um desafio ter tudo aquilo, mas fiquei muito feliz. Quando perdi o neném, ia se chamar Frederico, fiquei muito mal, deprimida, não conseguia olhar para o meu namorado e não me lembrar do meu filhinho morto. Não conseguia ir trabalhar e só me mantive na faculdade com muito esforço. Pedi licença do trabalho e terminei o namoro. Clarissa, querida, eu não me orgulho das coisas que fiz depois disso, mas foi o jeito que encontrei de não pensar, e foi até bom para poder me refazer. Nessa época, aprendi a ser mais firme, mais rígida com os estudos, porque foi o que me aliviou as dores. Não queria lembrar, falar ou escutar sobre o assunto, queria apagar aquele episódio da minha vida. Quando conheci o seu pai, estava no último ano da faculdade, mas estudava para concursos não relacionados à pedagogia. Não queria lidar com as crianças, não queria ter filhos, e seu pai também não. Enfim, quando descobri estar grávida de você, me senti muito insegura, com medo de tudo se repetir, e, realmente, cogitei acabar com tudo antes de depositar expectativas... Foi ilógico, eu sei... Mas ter você foi a melhor coisa que fiz. Cada detalhe seu me ensina a ser alguém melhor.

— Mãe... obrigada!

Abracei minha mãe e voltei a chorar. Não era por causa do Gabriel, não era por ter sido um aborto malsucedido, mas por tê-la ali, imperfeita como eu, me amando. Isso me encheu de coragem. Contei por alto o que tinha acontecido, mas não falei sobre ele ser meu professor ou ter mandado fotos comprometedoras, não estava pronta para falar tanto. Só disse que ele forçou um contato físico, para o qual eu não estava preparada, tentei sair da situação e ele me ameaçou. Ela me ouviu, paciente. Não imaginei ser possível esse diálogo tão tranquilo. Vai ver nem éramos nós mesmas naquele momento, eu falando e ela ouvindo. Inédito!

Aconselhou-me a manter distância do rapaz e, caso ele insistisse em entrar em contato, que eu procurasse ajuda. Assenti e agradeci pelo apoio. Minha mãe voltou ao trabalho, mas pediu para ligar, caso precisasse de algo. Adormeci, apaguei na cama e só acordei com meu celular tocando três horas depois.

Era Madu me ligando. Queria saber como eu estava, tinha ficado preocupada, e disse ter mais gente querendo saber de mim. Perguntou se estava em casa e, quando respondi que sim, me pediu para atender a porta. Ela estava lá, me esperando, sozinha, graças a Deus. Contei tudo para a Madu, que me ouviu, chocada, e, mal terminei de falar, ela sacou o celular e me contou o que tinha acontecido na escola depois da minha saída.

Um garoto do terceiro ano publicou fotos e vídeos da ex-namorada naquela conta de Instagram que vi no perfil do Gabriel. Deu a maior confusão e todo mundo estava sabendo. A menina, Betina, também tinha ido embora da escola mais cedo, como eu. Segundo Madu, a escola estava dividida entre rir da desgraça alheia e crucificar a menina por ter tirado fotos e se deixado ser filmada.

Antes de tudo que aconteceu com o Gabriel, também crucificaria Betina, também a chamaria de vadia e diria que mereceu. Confiou no garoto errado? Paciência! Mas, se dissesse isso agora, estaria dizendo para mim também, estaria assinando o atestado de vadia a mim mesma. Afirmaria isso, mesmo não tendo transado com Gabriel, tendo fugido dele quando consegui enxergar o escroto que era de fato. Falamos sobre o ocorrido a tarde toda, sobre como era bizarro tudo aquilo, nudes servindo como moeda de troca no mundo dos relacionamentos e como aquilo nos afetava. Madu me apoiou com toda a história do Gabriel, disse que eu podia contar com ela e, se tivesse alguma recaída e quisesse falar com ele de novo, deveria procurá-la em vez disso.

Os dias seguintes ao vazamento dos vídeos da Betina foram bem atípicos na escola. O caos completo que me fez pensar sobre tudo isso era meu também. Fazia parte dessa avalanche que veio aos poucos e, agora, remexia a vida de todo mundo. No entanto a minha avalanche ainda era particular, conhecida apenas por quem eu escolhi confiar, ou, pelo menos, era o que achava.

Gabriel ficou alguns dias sem me procurar, acho que estava com medo de eu ter dito algo para alguém e preferiu se manter longe, mas não durou muito. Quase uma semana depois do episódio no ginásio, voltou a me mandar mensagens, novamente carinhoso, dizendo sentir saudades, mas percebi nas mensagens seu lado perverso.

Como me abri com Madu, ela me contou um pouco sobre suas experiências também e disse que, para ela, estava claro que o Gabriel vinha me manipulando. Sabia que eu era ingênua e, por isso, me escolheu, sabendo que eu podia estar indefesa. Não respondi às mensagens, não no primeiro dia, mas, com o passar do tempo e a insistência, não resisti e cedi à tentação.

Gabriel: *Clarissa, quero te ver, falar com você. Sinto sua falta. Deixa de ser boba... Me responde, preciso te ver!*

Eu: *Oi*

Gabriel: *Oi, minha linda. Que saudade! Até que enfim me respondeu, estava quase indo até sua casa para te ver.*

Eu: *Como sabe onde moro?*

Gabriel: *Ah, bobagem. Modo de falar...*

Vamos sair?

Eu: *Não posso, Gabriel. Queria pedir para não me mandar mais mensagens.*

— Como assim, menina? Quem fez tua cabeça? Contou para alguém sobre a gente? Você sabe que se contar, posso perder meu emprego, não é? Mas saiba também que pode te acontecer o mesmo que com a vadia da Betina, ou pior...

Eu: *Não preciso de ninguém para fazer minha cabeça. Te conhecer já foi o suficiente. Não quero mais isso, não quero lidar com você e suas oscilações. Não é o homem legal que eu imaginei.*

Gabriel: *Clarissa, para com isso. Sou o mesmo ainda. Eu te amo. Desculpa ter me excedido, estava louco de saudade, mas também passando por maus momentos. Te ver recusar meus beijos no ginásio me deixou irritado. Achei que me queria também, não entendo o porquê de tudo isso. Deixa pra lá, vai?*

Eu: *Não, não posso... Estou confusa, preciso pensar, e tem mais...*

Gabriel: *Mais o quê? Pensar no quê? Não tem o que pensar. Vi o quanto você estava molhada, enquanto eu te beijava. Você queria também, não vem se fazer se santa... E todas aquelas fotos, tudo que já conversamos?*

Eu: *Não! Não é assim, Gabriel. Chega! Você segue aquele perfil com fotos de alunas da escola, onde vazou os vídeos da Betina. Eu sei. Eu vi!*

Gabriel: *Eu? Está louca? Não sigo, não!*

Ele me mandou um print da tela, mostrando a página como restrita. Fui checar e, realmente, não estava mais lá. Podia ter deixado de seguir naquele momento. Afinal, o que iriam pensar de um professor seguindo esse tipo de conteúdo? O que iriam pensar de um professor mandando mensagem para uma aluna com fotos sem roupa, pedindo fotos sem roupa, beijando à força uma aluna dentro da escola? Acima de tudo, o que iriam pensar dessa aluna, que caiu nesse papo, se enfiou nessa história toda, se fotografou para ele e foi ao seu encontro no ginásio? O que iriam pensar de mim? Meu pai iria me matar; minha mãe voltaria a me odiar. Pelo menos, tinha a Madu.

Parei de respondê-lo de novo. Já não conseguia saber se estava louca ou se aquilo era sério. Na escola, todo mundo comentava sobre a Betina, opiniões fortes. Julgavam a menina como se só ela estivesse na situação, como se o namorado nem existisse. Procurei saber quem era ela e, em uma das aulas de Projetos, o assunto acabou vindo à tona, e Caio e Fernando falaram que receberam algumas das fotos e vídeos dela pelo WhatsApp. Um dos garotos que andava com eles de *skate* seguia a conta do Instagram e enviou. Madu, de primeiro impacto, já meteu um soco no braço de cada um e mandou apagarem, enquanto eles ofereciam os celulares com as imagens em plano. Vi de relance o rosto da menina. Betina era a garota que eu tinha desenhado no início do ano, beijando o namorado no intervalo.

Bia e Júlia eram do time bem feito para ela. Uma até comentou na mesa ter ouvido dizer que Betina estava grávida e tinha ido abortar em alguma clínica. Já a outra discordou, dizendo saber que, na verdade, a garota quem pediu para postar as fotos no Instagram e, quando o namorado viu, terminou com ela. Era evidente que a escola inteira estava fantasiando e contando histórias sobre isso, e eu só conseguia pensar: e se fosse eu? Se no lugar da Betina fossem as minhas fotos? Pelo que os meninos comentaram, a maioria das fotos das garotas no Instagram tinham sido tiradas com o cuidado de tapar o rosto. Segundo eles, era o mais inteligente a se fazer. Houve um consenso em concordância entre todos da mesa. Mas será mesmo? Fiquei me perguntando, será mesmo que bastava não apareça meu rosto para mandar fotos nua, ou seminua, para outras pessoas e tudo ficaria bem? Será que namorados ou pessoas próximas não reconheceriam? Deveria confiar nisso? Depois do acontecido com Gabriel, voltei a pensar que não. Não era permitido confiar tanto assim, pois faria de mim uma vadia. Me expor faria de mim alguém errada.

A comoção do caso Betina foi tanta que ouvi falar de um grupo de meninas, não só defendendo a Betina, mas também expondo suas histórias, suas dificuldades, seus traumas, mostrando suas feridas. Vi alguns dos vídeos com Madu. Ela achou o máximo, falou que aquilo, sim, era empoderamento e era lindo ver aquela ação. Quem tinha começado merecia os parabéns. Disse ainda que iria até pensar em fazer um vídeo também. Achei idiota, quem em sã consciência ligaria uma câmera e vomitaria seus piores temores para alguém? Quem abriria para o mundo aquilo que machuca? As pessoas podem usar isso contra você. É idiota.

As férias começariam em poucos dias, logo depois da festa de aniversário da cidade, estava tão empolgada para esse momento e, agora, nem sabia se queria mesmo estar lá. Era certo que Gabriel estaria lá, e eu não podia lidar com isso agora. Não queria vê-lo em nenhum lugar além da sala de aula, já era até demais. Senti na sua fala todas as indiretas possíveis para mim. Não me mandava mais mensagens, mas me olhava como se me tirasse a roupa, me seguia com o olhar pelos corredores e tentava se aproximar com constância, para me ouvir falar com Madu, mas eu ficava muda quando ele aparecia, me escondia dentro de mim.

O site com os depoimentos das garotas parecia estar fazendo sucesso. Ouvi várias pessoas nos corredores comentando sobre e até algumas afirmando estar fazendo os seus próprios vídeos. Fiquei pensando nisso. No que adiantaria? Para que serviria? E as consequências? Se eu abrisse a minha boca para falar sobre isso, poderia ter todas as minhas fotos vazadas também. Ele já havia ameaçado, e estava certa de que faria. Era melhor seguir assim, esquecer tudo isso. Gabriel não me procurava, eu não falava nada, ele continuava com seu emprego, eu não carregava comigo a culpa de estragar a vida dele e nem a minha. Ninguém mais precisava saber.

Foi fácil pensar assim, até ver Michael ser buscado na escola pela polícia. Aquilo foi inédito. Nem acreditei. Devia ser por causa do vazamento, ou esse garoto fez algo mais? Mas minha opinião sobre o site não mudou porque vi uma possível justiça sendo feita, na verdade, foi porque vi uma injustiça prestes a acontecer. Avistei Gabriel entrando no ginásio durante o intervalo. Fiquei chocada. Faria com outras o que tinha feito comigo? Logo atrás dele, uma menina do ensino fundamental entrou. Nem sabia que ele dava aulas no fundamental também.

Mesmo de longe, percebi que a menina era bem mais nova do que eu, mas com um corpo de moça. Já era visível a curva que o seio vazia na camiseta. Não eram enormes, mas bonitos, e seu quadril levemente arqueado marcava o jeans justo. Precisava tomar uma atitude. Ele não fazia aquilo só comigo e poderia machucar alguém, mais até do que me machucou. Poderia ser pior.

Corri em direção ao ginásio e bati forte na porta de metal. Queria que o barulho o assustasse, o fizesse recuar, mas, em resposta, só silêncio. Então, bati novamente e gritei. Nada em específico, só um grito de terror, de medo, de socorro. Aquele grito me fez entender que precisava pedir ajuda para mim, mas precisava oferecer ajuda para outras também, porque agora não tinha dúvidas, não só havia outras Betinas por aí, mas também outras Clarissas. Daria um jeito de gravar um vídeo também.

Não demorou muito e a menina saiu correndo de dentro do banheiro, sem olhar para os lados. Ela chorava. Teria chegado tarde? Gabriel saiu logo atrás. Parecia procurar algo, preocupado, sabia que alguém estava ali. Teria reconhecido o meu grito? Escondi-me atrás da porta do ginásio de impulso, não sabia dizer se me viu. Controlei a respiração, estava prestes a surtar. Quando olhei de novo, não o vi. Corri para dentro, entrei no banheiro masculino, o mesmo banheiro fedido que ele tinha acabado de sair, o mesmo em que estive há alguns dias. Parei em um das cabines, onde a privada tinha tampa, peguei meu celular e comecei a gravar.

– Meu nome é Clarissa, tenho quinze anos. Estudo na escola Santa Cecília e fui assediada e abusada por um professor da minha escola.

Contei tudo. Contei sobre ele, sobre mim, sobre a garota que acabei de ver saindo daqui. Espero que a garota veja... todas as garotas com quem ele possa estar falando. Espero que babacas como ele vejam, porque não vou mais ficar calada.

Betina

Por Juliana Máximo

Imagine uma realidade em que as pessoas possam ver o que se passa na cabeça umas das outras enquanto andam pelas ruas. Sentir o que elas sentem apenas por esbarrar nelas ou saber das maiores dores das suas vidas apenas olhando dentro dos seus olhos. Acha que elas se tratariam diferente?

Acho que não.

Quando o estúpido do Michael postou aquele vídeo, minha vida acabou. Pelo menos, tentei acabar com ela uma ou duas vezes. Nas folgas que tive, enquanto meu pai me chamava de vagabunda e minha mãe se dizia decepcionada, tomei todos os remédios da casa, mas vomitei logo em seguida, em pânico. Depois, quebrei uma taça de vinho vazia da minha mãe e tentei cortar meus pulsos, mas falhei também. Mal cheguei a sangrar. Sou uma covarde.

A questão é que ninguém ensina como agir no caso de alguém vazar um vídeo seu pelada, fazendo sexo com seu namorado. Não somos preparadas para isso, até porque enviar fotos peladas para o seu namorado é completamente imoral. Permitir que ele filme enquanto vocês transam, nem preciso dizer como é visto pela sociedade, não é? O problema é: quem permitiu? Porque não fui eu.

Ainda assim, aqui estou. Jogada em minha cama há dias. Sem sair de casa por ter vergonha demais e porque meus pais não me permitem. Alguns pais obrigariam a filha a ir para escola, para encarar as consequências do que fez. Já aconteceu, aliás, com uma garota de Santa Cecília mesmo. Mas meus pais, não. A imagem da família era tudo para eles. Advogados conhecidos na cidade, que agora estão com o nome manchado por esse *escândalo*.

Estou sendo altamente punida. Tendo que passar os dias em meu quarto, enquanto meus pais gritam pela casa o quanto sou irresponsável e decidem se me mandam para um colégio interno em Santa Catarina ou só me mudam de escola.

Não importa. Só o que importa é como me sinto nesse momento. Um *lixo*. *Escória*. *Podre*. Não por ter feito nudes e mandado para o meu namorado, não, pois essa é basicamente a moeda de troca da era. Todo adolescente, jovem e adulto que se preze faz nudes, mas ainda são muito prepotentes para assumir isso. Não. Estou me sentindo mal por ter *confiado*.

Confiado no Michael ou em qualquer outro cara para quem já mandei fotos e acabaram naquele Instagram. O pior de tudo ainda é o vídeo. Não faço ideia de quando ele o fez. E o fato de não ter sequer me pedido... faz me sentir tão violada! Abusada. Injustiçada. Queria poder estar assumindo consequências por algo que fiz, mas não por aquele vídeo. Não é justo. Só desejo que meus pais entendam aquilo como um crime e me defendam, saibam que não permiti que meu namorado filmasse nada daquilo. Ao invés disso, me julgam e culpam por ter dado liberdade demais. A culpa é minha, por ser mulher, por ter arrumado um namorado, por usar roupas curtas, por sorrir quando ele falava merda. Não importa. É minha culpa.

Então aconteceu. Aquele site surgiu, e todos aqueles vídeos foram aparecendo. Todas aquelas garotas com histórias até piores que a minha. Tudo bem que para os meus pais não fez diferença alguma, mas fez para mim. Não me sentir *a única*, fez muita diferença. Afinal, já estava começando a pensar em como seria minha terceira tentativa de suicídio quando o site surgiu. Deitada na cama, debaixo do edredom, meus olhos se derramaram e ensoparam as teclas do laptop enquanto assistia a um vídeo após o outro. Tinha todo tipo de história. Aquelas meninas sofriam tanto quanto eu, e eram apenas as garotas da minha escola.

Imagina se houvesse um site daquele em cada escola, em cada escritório, em cada cidade... Quantos vídeos surgiriam? Foi desesperador pensar nisso. Ainda assim, não pude deixar de me sentir mais calma, porque, independente daquele site, aquelas coisas aconteciam, todo santo dia. Saber sobre elas, falar, ter pessoas apoiando você, era indescritivelmente reconfortante.

Durante os primeiros dias, pensei que realmente queria ir para o colégio interno. Começar de novo, longe daqueles cretinos e daquela escola, mas cheguei à conclusão de que sempre haveria outros cretinos. Havia centenas, milhares por escola. Precisava voltar.

Foi quando, alguns dias antes do aniversário de Andalina, o site foi descoberto pela polícia e pelos jornais locais e a coisa toda explodiu. Só se falou sobre isso durante os dias seguintes. Aquelas garotas foram ouvidas e, de repente, outras garotas, de outras escolas, estavam postando vídeos no site.

"As ~~vadias~~ garotas de Santa Cecília" não era mais um site escolar, mas, sim, uma rede de apoio e desabafo pessoal. Aquilo se tornou bem claro para mim quando vi no telejornal do jantar uma cena de dois policiais entrando em Santa Cecília, para falar com o diretor, e saindo com Michael algemado.

Foi a minha glória. Minha e de muitas, muitas garotas, tenho certeza. Não sei o que farão com ele. Provavelmente, foi só um interrogatório por causa do vídeo ou talvez tenham descoberto que foi ele quem criou o Instagram no qual compartilhavam fotos e vídeos de meninas menores de idade peladas. Como Michael é maior de idade... Ah, só espero que dê merda, e das grandes.

Por fim, aquele site me fez perceber, por mais que não acreditasse ser culpada, que de fato não estava errada. Sou apenas uma adolescente pedindo o direito de terminar com um garoto otário, sem ter medo de sofrer uma vingança, desejando se sentir bonita e atraente enquanto tira fotos no espelho, e, sim, poder mandar para quem tiver vontade.

É isso... Preciso dizer isso.

Saio debaixo do edredom. Vou até a mesa e ligo meu laptop. A página do site se acende em minha frente. Vou até o botão "Envie seu vídeo". Agora é minha vez de falar. Quando apareço na tela, percebo que estou acabada. Tenho olheiras profundas sob os olhos, minha pele está ressecada e meu cabelo parece um ninho de marimbondos. Penso em lavar o rosto e passar uma maquiagem, mas não. Afinal, é assim que estou. Foi como essa merda me deixou: *destruída*. É assim que vou aparecer. Começo a gravar.

— Oi... Para quem não me conhece, sou a Betina. Tenho acompanhado o que o pessoal da escola falou sobre mim nessas últimas semanas e queria esclarecer umas coisas: Eu não morri — rio nervosamente —, não por falta de tentativa; não fui para um colégio interno, ainda; não fugi de casa, embora tenha pensado nisso algumas vezes. Enfim. Estou aqui e quero agradecer à garota que criou esse site, e a todas que postaram seus vídeos falando sobre seus problemas, porque isso me ajudou muito nos últimos dias. Me fez entender que a culpa não é minha, embora todo mundo, inclusive meus pais, se esforce bastante para me fazer pensar o oposto. Me fez entender que não estou sozinha. Ao mesmo tempo em que foi reconfortante descobrir haver muitas como eu por aí, foi também desesperador. Queria que isso acabasse e, pode parecer estar muito longe de acabar, mas esse site já é um passo em direção à nossa liberdade. Então, obrigada por isso. Bom, amanhã é aniversário da cidade, e espero ver todas vocês no parque. – Sorrio. – Novamente, obrigada por tudo. Se estou aqui hoje, e ainda, é por causa de vocês. Muito obrigada!

Clico em enviar. Lágrimas escorrem por meu rosto, mas, desta vez, estou feliz.

Fim

Para saber mais sobre os títulos e autores do GRUPO EDITORIAL COERÊNCIA, visite o site **WWW.EDITORACOERENCIA.COM.BR** e curta as nossas redes sociais.

Além de informações sobre os próximos lançamentos, você terá acesso a conteúdos exclusivos e poderá participar de sorteios, promoções e eventos.

@GRUPOEDITORIALCOERENCIA

FB.COM/GRUPOEDITORIALCOERENCIA/

AV. PAULISTA, 326, CJ 84
BELA VISTA - SÃO PAULO - SP - 01.310-902

LILIAN@EDITORACOERENCIA.COM.BR

(11) 3287-1614

Grupo Editorial
coerência

REALIZAÇÃO
PREFEITURA DE MARÍLIA Secretaria da Cultura
SECRETARIA ESPECIAL DA CULTURA
MINISTÉRIO DO TURISMO
PÁTRIA AMADA BRASIL GOVERNO FEDERAL

Projeto apoiado pela
Lei Emergencial Aldir Blanc nº 14.017/2020

Esta obra foi composta na fonte ITC Legacy Serif,
tamanho 11,5pt, e impressa em papel pólen bold 90g/m².
São Paulo, maio de 2021